好望角寻访之旅系列

Around Taklimakan Desert

刘文军 / 著

人民交通出版社股份有限公司
China Communications Press Co.,Ltd.

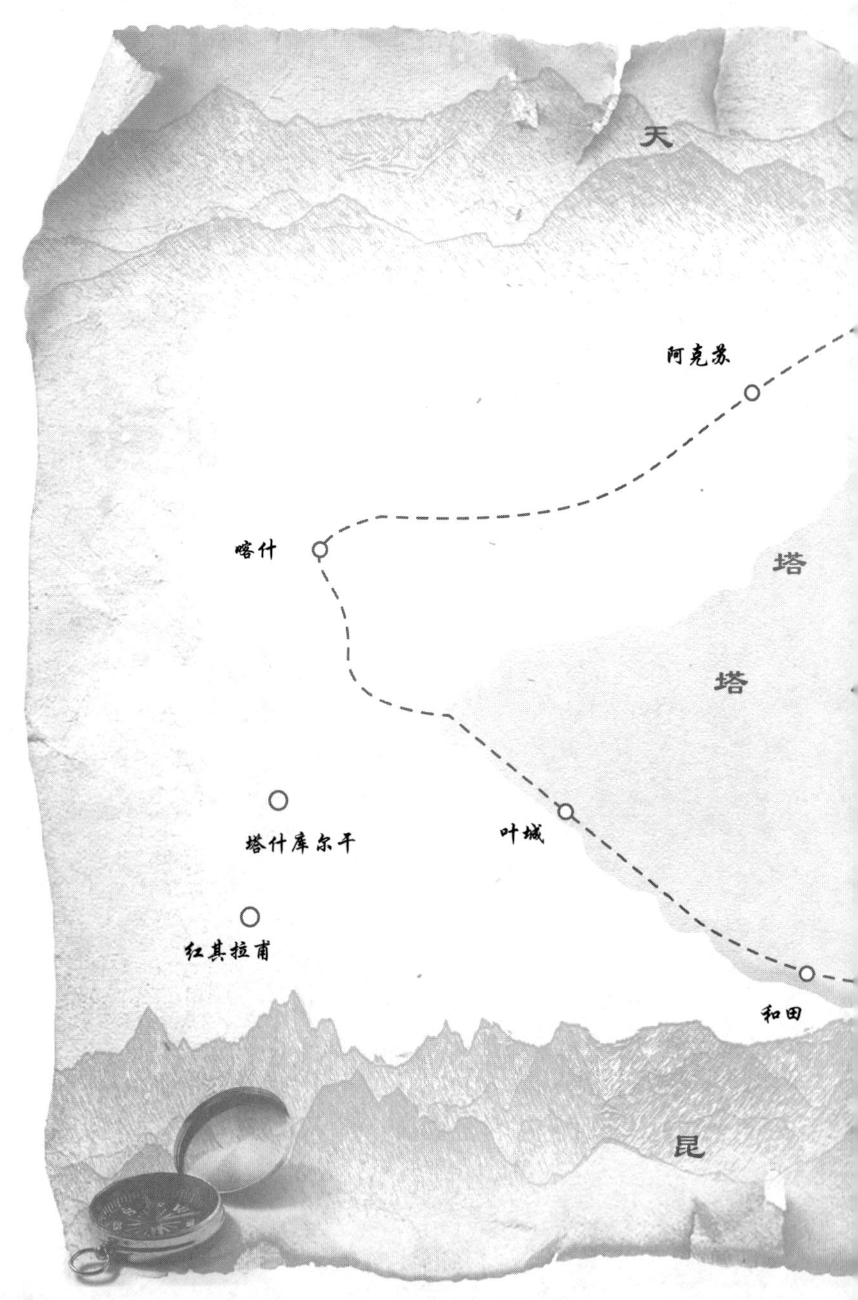
天
阿克苏
喀什
塔
塔
塔什库尔干
叶城
红其拉甫
和田
昆

山
乌鲁木齐
库车
轮台
库尔勒
玛 干 沙 漠
塔中
木 盆 地
若羌
且末
民丰
山

1

目录

Contents

2 西域游历

序言 Preface

穿越时空的《西域游历》

香港《经济导报》副总编辑　邹　蓝

在广袤的大地上，做一次环形的旅行，如果线路好，是一件非常来劲的事情，无论是作为旅游，还是主要为公务的田野调查和调研都是如此。

如此的事情，这些年来我能想起的也就是两次。兰州、定西、天水、成县、康县、武都、宕昌、岷县、漳县、定西、兰州，这是1986年底的一次甘肃发展与扶贫的调研。还有一次，1992年，昆明、弥勒、个旧、蒙自、屏边、河口、建水、元阳、红河、弥勒、昆明，这次是对云南红河州的扶贫发展的调研。如果环形太小，那就不值得一提了。比方从京城出发到顺义、平谷，然后到三河、廊坊转回来，也差不多就是三五个马拉松的距离。如果是步行，如此倒还有点说法。

如果能够在辽阔的南疆或者北疆走一个环形，那就是非常难得的了。因为无论是在南疆环塔里木盆地走一圈，还是在北疆沿准噶尔盆地走一圈，分别是3000公里以及1600公里以上的线路，还不要说南疆的维吾尔族、塔吉克族、柯尔克孜族、蒙古族的少数民族文化背景，以及北疆的哈萨克族、蒙古族、维吾尔族的文化背景的吸引力。老友刘文军近期在南疆走了4000公里的一个圈，给我发来了旅行笔记的文稿。我跟着他的文字转悠，觉得开了不少眼界。

2014年1月，春节之前，他快递来一本台历，里头的图景，都是我神往的新疆风物，构图以及色彩都很精到。倒不是我从没到过新疆而为之吸引，而是这里头的许多镜头，是我向往而迄今还没有机会去亲眼观察体会的。更让我意外的是，这些都是他自己的摄影作品。这就是说，他都亲身体验了。

随后，他通过电子邮件发来了《西域游历》的书稿。我在新疆居民之外算得上老新疆，调研啊，休假啊，总共去了 13 次。但是恰恰他走的这一圈，我多数地方还没有到过。阅读他的笔记，我跟着他重走了西域的高山大漠：库尔勒、尉犁、轮南、塔中、民丰、于田、策勒、和田、叶城、喀什、塔什库尔干、阿克苏、库车。其中，我到过喀什 4 次，塔什库尔干 2 次，阿克苏阿拉尔 1 次。因此从某种意义上，算是他带我环游了我迄今没有走到过的南疆巴州、和田的大漠高山。

这一连串地名，说来很轻易，走在那里绝对不是轻松的事，甚至很艰苦。玄奘和西域探险家斯坦因、斯文·赫定都在这里遭遇了千辛万苦甚至有可能丢掉性命的危险。对于熟悉或无数次在地图上观察过的国人来说，意味着在新疆天山与昆仑山、喀喇昆仑三面卫护的塔克拉玛干沙漠环游了大半圈。现在走这么一圈倒未必有大的危险，但是吃苦总是免不了的。想舒舒坦坦逛风景的人，绝不会走南疆这么一圈。凡是爱如此折腾一圈的，都是有探险精神的。

作者观察之仔细，做学术性的田野调查也不过如此。看到尉犁的罗布人，他想到清代徐松的《西域水道记》里的相关记载。轮台，是西域重要战略据点。西汉时期，这里曾设西域都护府，统辖西域事务。唐代边塞诗人岑参有《白雪歌送武判官归京》一首："北风卷地白草折，胡天八月即飞雪。忽如一夜春风来，千树万树梨花开。"凛冽的寒意与边塞的雄浑，在岑参的笔下居然有了令人心暖的微妙感觉。现在，轮台地区有大规模的油田开发。历史毕竟走过了1000多年。要说起来，这公路本身就是工程技术的一个奇观。

通过作者的介绍，我知道尉犁—轮南公路沿途还有一个湿地草湖。这也算是大漠奇观了。这草湖本是塔里木河泄洪水道上形成的积水区，河汊纵横，水边长满了高高低低的胡杨，还有成片的红柳、甘草、罗布麻等灌木草本植物，一片水乡泽国的景象。这些都是非亲历所不能知的。我对新疆比较熟悉，对外国探险家伯希和、斯坦因、斯文·赫定、橘瑞超和雅林在西域的探险历程比较熟悉，但还是第一次听说这个草湖。

由此看来，旅途中的经历和发现，确实是旅行能给人带来的最好的精神礼物，作者得到了不少。

记得我到陇南康县的时候，知道甘川交界的这个地方有个阳坝梅园沟，长有棕树和美人蕉，是甘肃绝无仅有的河谷亚热带气候。如果不是亲身坐4个小时的搓板路去体会，谁能相信甘肃天然长有棕树和美人蕉呢？

“昆仑山脚下比天山脚下温度要低好多，夜间已降到零下，白天在外面至少要穿毛衣才行，好在屋里已经开始供应暖气，晚上睡觉还不觉得冷。由民丰向西走300公里就是‘玉石之都’和田，中间要经过于田和策勒。315国道路况很好，一路风景，右手边是一望无际的塔克拉玛干沙漠，左手边则是白雪皑皑、绵延不绝的昆仑山。”这些感受，若非身临其境，是不可能得到的。

有些有意思的地点，旅游信息因为一般游客无兴趣也不介绍。他到达玛沟就是这样一个故事。“新疆文物古迹众多，但多数都没有保存下来，或者破坏严重，像达玛沟这样保存完好的遗址并不多见，这更体现了它的珍贵之处。但它目前还不大为人所知，旅游团队就是从这里经过也不停车，我来南疆之前尽管做了很多功课，但没见到关于它的介绍。要不是大吕和小徐的带领，我们是绝对不可能有幸目睹这处小巧而又精美的遗址的。”

诸如在叶城进维吾尔族人的小馆子吃正宗维吾尔族饭，在一个和善的维吾尔族老汉那里买石榴。这些日常生活小事，脱离了日常生活的轨道而在遥远的少数民族地区去做，就有了别样的味道并成了故事。

你要是对和田玉有兴趣，读这本书也会长点见识。“目前市场上和田玉品种很多，除了和田地区的玉石叫和田玉外，青海、俄罗斯和韩国的玉石也称和田玉，但价值大不相同。外行人常常容易被误导。但如果了解一些这方面知识，也很容易辨认。”

我有朋友在青海主持矿业公司，知道格尔木的昆仑玉用于北京奥运会奖牌。昆仑玉与和田玉同属昆仑山造山运动形成，二者大致相同。但是传统上价格差异比较大。具体如何分辨，我倒是懵里懵懂的。

少数民族的生活和文化习俗有别于汉族，因此他们的一些日用品乍一看也让人迷糊。“在一个卖木制品的摊位前，大吕拿起一个类似烟袋杆的木制小物件，问我这是做什么的，疑惑中我本能地回答：‘看不出，应该就是个烟袋杆吧？’大吕和小徐听后哈哈大笑，说：‘这是给小男孩接尿用的，猜不到吧？’是的，无论如何也猜不到。”这，也是旅行带来的乐趣，还能增进族群之间的了解。

在喀什老街溜达，作者有如此的描写：“老街上的人走路是慢悠悠的那种，内地和沿海城市里常见的那种急匆匆的脚步在这里是看不见的。就连小贩的吆喝声音也是不紧不慢的，买不买都没关系，他们绝不会缠住你不放或对你横眉立目。街道拐角处的一座茶楼上，几位头戴花帽的老人在喝茶聊天，说话轻声细语，动作不紧不慢，陪伴他们的是一把铜壶，几个茶碗。喀什人的岁月就这样随着壶水流淌，变的是茶客，不变的是传统。时钟在这里变得慢了起来，好像回到了中世纪，好不令人羡慕。”只有生活在快节奏，高压力下的人们，才有如此感慨。而生活在传统中的人们，对此不会有感知，因为他们向来就是如此生活的。出门旅游，就是承受高压力、快节奏的人调节日常生活节奏，借以松一口气的方式。

他文中提到了红其拉甫海关下移到邻近县城一事，这的确是我们1988年考察后向中央和乌鲁木齐海关提出的建议。我们考虑，这里离县城100多公里，只有一条公路，两边都是高山和断崖，居民稀少而且都是步行道，商业走私的可能性极小。而海关下移到邻近县城的地方，后勤生活保障会改善许多，而对公路的控制同样有效。

背景故事是这样的。1988年我们几个中央智囊单位受中央政府委托在新疆调研西部对西开放的可行性。为此我们的团队两到喀什，并在塔什库尔干停留两天后直接从红其拉甫口岸过境到巴基斯坦调研。这次调研结果，最后以中信公司董事长、全国人大常委会副委员长荣毅仁和新疆维吾尔自治区书记宋汉良的名义上呈中央领导以及邓小平，最后形成了中央开放西部边境诸口岸边贸的决策。作者与我同在中信国际研究所工作过，因此他很清楚这些外部很少知道的情况。

他特别提到了岑参的边塞诗。南疆的库车、库尔勒一带正是唐代边塞诗的重要背景。轮台、铁门关这两个地名，背景就是历史上的金戈铁马。

西天山南麓温宿天山大峡谷，龟兹古国的克孜尔千佛洞，则是自然景观与世界级文化遗产。他十天一下子就差不多把南疆的主要风光民俗和人文遗址一网打尽，我实在是羡慕。

这本《西域游历》，以环游塔里木盆地以及周边的昆仑山、喀喇昆仑山、塔克拉玛干沙漠风光为主线，穿插了历史、人文、民俗、海外探险家以及现代工商业发展的进程，穿越了时空，是深度游走南疆的一个非常好的指南。我不说这是什么攻略。攻略所涉及的，只是浮光掠影。深度游不需要攻略，需要的是事先的功课和随遇而安，还有好奇心与敏锐的观察力。

我曾去过新疆多次，但如此密集走南疆还没有机会。尚未去过新疆的人们，读这本书，可能印象和感慨更多。我算比较熟悉新疆社会经济发展状况，读来依然很有收获。

作者要我为他这新作写个序，这些文字算不上序，算是阅读的一些感想和体会吧。我愿意向大家推荐这本书。

2015年甲午春节
于无锡

初识塔里木

丝绸地图，手抓肉

库尔勒机场建在天山南麓的戈壁荒滩上，停机坪小得不能再小，除了我们这趟刚刚落地的航班外，看不到其他飞机，空旷得甚至有些令人发慌。

金秋十月，气候凉爽。看天气预报，库尔勒的温度是 3 ～ 18 摄氏度，北京是 –2 ～ 6 摄氏度。不难看出，库尔勒的温差要比北京大得多，由此形成了早晚凉、白天热的特点。此前我来过新疆四次，已经体验了什么是“早穿皮袄午穿纱，围着火炉吃西瓜。”这次刚下飞机，又尝到了这个滋味。

机场上空不见一丝白云，阳光照得人有些眩目，旅客中有人眯缝着眼睛，有人把手放在额头上遮挡阳光，更有一位女士撑开了遮阳伞，让人猜不透这到底是什么季节。

大吕高高的个子，肤色黝黑，不修边幅，满脸络腮胡子，一身户外行头，见到我们，大手一伸："欢迎！欢迎！"接着，他又一指身边的女士："小徐，我夫人，我们是同行。"

与大吕相比，小徐身材娇小了许多，但从装扮和气质看，显然也是户外老手。二人不由分说，抢过行李，带我们坐上哈弗四驱越野车，先去解决头等大事。

时过中午，飞机上只供应了一顿早餐，早已饥肠辘辘。可大吕说，按照当地时间，还不到吃饭的时候。原来，北京和乌鲁木齐有两个小时的时差，到了新疆作息时间都要往后推两个小时，这实在是让我们这些内地来的人不适应。

事有凑巧，刚上路，大吕在库尔勒的一个同学打来电话，请他们夫妇到郊区去吃手抓肉。大吕见机行事，说要带几个朋友一块过去，对方说没问题。看我们有些犹豫，大吕连说没关系，这里没那么多讲究，大家都很随便的，又是在露天的院子里，一块热闹热闹，也可借机感受一下当地的风情。恭敬不如从命，于是跟随大吕夫妇直接去赶饭局。

大吕以前在乌鲁木齐一家机关单位工作，由于酷爱户外活动，后来干脆辞了职，端起了户外的饭碗；小徐大学学的是法语，曾在旅行社做过多年导游。二人配合默契，大吕负责线路和交通，小徐负责食宿和讲解。由于二人都有自己的专业基础，做事认真负责，在当地很有点小名气，很多到新疆来旅游的老外也愿意请他们做向导。夫妇二人听说我们也是户外活动爱好者，偏爱西部，非常兴奋。

有共同语言就好交流。一路上，只要有人一提起西部，比如线路、气候、海拔、风情、民俗、美食，或者一提起户外，比如装备、服装、干粮，特别是涉及旅途中的轶闻趣事，几个人的话匣子想关都关不住。

小徐户外行走经验丰富，一上车就摊开一张大幅地图，向我们介绍起来。

新疆的地理特征简单说就是“三山夹两盆”。三山指的是北部的阿尔泰山、中部的天山和南部的昆仑山；两盆指北部的准噶尔盆地、南部的塔里木盆地。两个盆地分别盛放一盆沙子：古尔班通古特沙漠和塔克拉玛干沙漠。相比之下，后者的面积要比前者大得多，名气也响得多。

中央电视台老故事频道有一则短小精悍的栏日——《图说中国》，里面讲到，新疆的“疆”字很像新疆的地形：右边的三横象征三座山，中间夹着的两个“田”字象征两块盆地；左边的“弓”字和那个“土”字，象征着新疆弯弯曲曲的边界和由边界护卫的领土。这个说法乍听起来有些牵强，不过倒也形象。

人类文明进程受自然地理条件影响，当年的丝绸之路经过新疆时有三条线路：天山北麓为北线，天山南麓为中线，昆仑山北麓为南线。当年玄奘前往印度取经时，去程走的是丝绸之路中线，回程走的是丝绸之路南线。由中线和南线包围起来的这块区域，也就是塔克拉玛干大沙漠及周边区域，历史上被称为西域。我们这次的西域之行路线与玄奘所走路线顺序正好相反，先穿越塔克拉玛干沙漠，经丝绸之路南线到喀什，再由丝绸之路中线回到出发地库尔勒。

怕我们记不住，小徐最后又总结了一句：“简单说就是一竖两横，顺时针。”经小徐这么一说，心里清楚多了，专家就是专家。

接过小徐的地图，我又有了一个新的发现，这张地图是用丝绸做的，轻薄松软。我平时喜欢看地图，大大小小、各种各样的地图收集了不少，不过这些地图大多是用光滑的铜版纸印的，用丝绸印的地图还是第一次看到。小徐说，这种地图的最大好处是便于折叠，团起来可以揣在兜里，脏了可以随时洗，就是价格有点贵。

“你们可以随时用。”她又补充了一句。

在丝绸地图的引导下走丝绸之路，我们的西域之行就这样开始了。

大吕的那位女同学是维吾尔族人，她在库尔勒郊区圈了一块地，办了一家建材公司，食宿都在公司院内，同学们都称她为“地主”。车子开进院内，只见一群亲朋好友正在忙活，我们也不客气，自己动手，加入其中。羊肉串在炭火的炙烤下滋滋地冒着油花，刚从馕坑中夹出的大饼散发出诱人的香味，令人胃口大开。

就在几个人站在一张大桌子旁品味这自助的西域美食时，女主人端上来一个冒着热气的大盆。

“尝尝这个，手抓肉。”女主人热情地说。

“这是新疆人的当家菜。”大吕一边吃，一边向我们介绍：“手抓肉的主料是带骨羊肉，配料是洋葱、胡萝卜、恰玛古，荤素搭配，吃起来可口，又有营养。”“这里的羊肉不膻，因为南疆多盐碱地，可以起到中和的作用。北疆多草，牛羊肉的原味比较重一些。”他又补充说。

刚一下车就体验到了维吾尔族人的热情好客，品尝到了地道的西域美食，这让我们好不兴奋。

大漠胡杨

茶足饭饱，抓紧赶路，一路向南驶往尉犁。

蒙古语称尉犁为“罗布淖尔”，意为众水汇入之地。受塔里木河和孔雀河的滋润，尉犁有国内面积最大的原始胡杨林区。我第一次见到胡杨是在内蒙古的额济纳旗，深为其迷恋，这次来塔里木盆地，一个重要目的就是再看看这里的胡杨。

什么是胡杨？胡杨就是一个生长在沙漠边缘，“活着一千年不死，死了一千年不倒，倒了一千年不烂”的树种。这个说法乍听起来有些玄乎，但我相信。只要你一见到这个树种，就一定会感到震撼。胡杨能够适应荒漠中干旱、盐碱和风沙气候，能在夏季酷热、冬季严寒、年降水量只有十几毫米的恶劣自然条件下生长，这是其他树种做不到的。在额济

纳旗，我看到一片“怪树林”，那些弯曲的“怪树”不知已经枯死了多少年，但依然枝干挺立（类似我们老家林区的“杖干”），颇有些宁死不屈的气概。

说来令人难以置信，胡杨还是一种“会流泪的树”。它的树干会分泌一种液体，一旦划破树皮，树体内的水分会从“伤口”渗出，看上去像流泪一样。有人说，胡杨泪的盐碱度与人的泪水的盐碱度相同，这种说法

塔里木胡杨

的科学性如何不得而知，不过在文学上倒很有些借喻意义。多年前，作家孟晓云在塔克拉玛干沙漠边缘采访时，被一位“出身不好”的青年不为命运屈服、自学成才的经历所感动，遂以《胡杨泪》为题写出一部报告文学，轰动一时。我当时大学刚刚毕业，正准备考研究生（也属于不服命运安排的年轻人），读后深受感动。也正是从这部文学作品中我第一次知道了什么是胡杨。

由尉犁前往轮南的途中，有一处名叫草湖的胡杨区。草湖，顾名思义，是个多草、多树、多水的地方。它是塔里木河泄洪水道上形成的积水区，河汊纵横，一汪汪的湖水边，长满了高高低低的胡杨树。还有成片的红柳、甘草、罗布麻等灌木草本植物，一片水乡泽国景象。

多年前，由于上游拦截用水等原因，塔里木河中下游水量明显减少，草湖基本上处于干涸状态，胡杨林生存面临危机。随着拯救塔里木河计划的实施，近几年下游水量增加，胡杨又获得了勃勃生机。

时值金秋，胡杨树叶多数已经变黄，也有些还泛着青绿，与沙漠上低矮的红柳、梭梭，还有水边的芦苇相配，组成了一个多彩的世界。胡杨树映在水中的倒影和四周起伏的沙丘更给这个世界增添了一份难得的意境。

太阳刚刚出来，光线斜射在胡杨树叶上，金灿灿的一片。翻过沙丘，来到胡杨林深处，一个个“海子”分布其中，又是一景。这是一个由沙、水、树组成的世界，一处难得一见的自然景观，不来大西北是绝对看不到的。

在胡杨区徜徉，心里不由产生一个疑问，为什么见不到枯死的“怪树林”？还是小徐为我们解开了谜团：塔里木河畔的胡杨树不缺水，所以长得青翠茂盛。额济纳旗怪树林的形成可能是由于水源不足。

胡杨抗沙、抗旱、耐盐碱，但其生长离不开水。塔里木河中下游一带河道纵横、渠网密布，胡杨树分布其中，只要不缺水就不会干枯。而额济纳一带的水来自祁连山雪水融化而成的黑河，流到巴丹吉林沙漠已所剩无几，只有个别地方的胡杨能得到水的滋养。曾经水量充沛的居延海现如今也已面临干涸。

罗布人，野鸭子

塔里木河流域生活着一个隐秘的部落，这就是以泛舟捕鱼为生的罗布人。据清代徐松的《西域水道记》记载，罗布人“不种五谷，不知游牧，以鱼为食，织野麻为衣，编芦为室”。他们对外面的世界一概不知，能看到和感知的唯有流淌不息的塔里木河和那些如星星般点缀的湖泊。

罗布人有自己的语言，也有自己独特的生活习俗。他们用胡杨树干做成“卡盆”，也就是独木舟，在湖面上撒网捕鱼。夜幕降临之际，他们在湖边点燃篝火，支起木架，将白天捕来的生鱼一劈为二，挂在木架上慢慢烧烤，然后围坐在火堆旁，边吃边唱。

探寻土著人的生活习俗一直为探险家所热衷。1900 年，瑞典探险家斯文 · 赫定到罗布泊考察。他在罗布人村落雇用了一个名叫艾尔德克的向导。艾尔德克在罗布语里是“野鸭子”的意思，这个名字的来历与罗布人取名的习俗有关。习惯上，母亲分娩后第一眼看到的东西就是孩子的名字。由此推断，艾尔德克的母亲是在湖边分娩的，而她分娩后第一眼看到的东西是湖中的野鸭子。

罗布人原本分布在罗布泊一带，过着离群索居的生活。随着罗布泊水面的缩小和最终干涸，他们大部分都搬到了塔里木盆地边缘有水草的地方。西域文化学者杨镰 1998 年来到罗布沙漠深处的荒村阿不旦（100 年前，这里曾经是罗布人的首府），他看到，占地颇广的村落已为沙丘湮没。

杨镰先生曾送我一本专著《最后的罗布人》，书中有这样的描写：“那密集得几乎插不进一根铅笔的芦苇，那如同大地经络般的网状水系，那挨肩擦背的鱼虾水禽，则随人类的离去而消失干净。”

中央电视台《探索 · 发现》节目里，有记者在塔里木河汊采访一位罗布人后代，这名男子还固守着传统的罗布人生活方式，以泛舟捕鱼为生。夕阳斜射在湖面上，波光粼粼，背景中的他，一边划着独木舟，一边轻声哼唱着古老的罗布人歌谣：

奔跑的野兔，
也有父亲。
孤独人思念故乡，
故乡有我的父亲。
……

这，也许就是我们今天所能看到的最后的罗布人了。

塔里木盆地生长着一种罕见的植物，那就是罗布麻，一种优质的编织原料，也是罗布人的传统衣料。据专家考证，楼兰出土的女性木乃伊身上穿的就是用罗布麻织成的衣物。罗布麻的花和叶子可以入药，具有降压、止咳、平喘、镇静、安神的疗效。我因为睡觉不好，听了介绍后，特意在原产地买了几包罗布麻茶，尝一尝，有点沙漠盐碱的味道，喝了几次后很见效。

据说，这种貌似野草的罗布麻还有延年益寿的功效，在尉犁一带就有很多长寿的老人。CCTV–4 播放的《远方的家—百山百川行》节目里，记者采访到一位 108 岁的罗布老人。老人思维清晰，腿脚利落，虽然严重驼背，但仍能拄一根手杖和正常人一样走路，每天还能做一点简单的家务和农活。

谈起长寿的话题，大吕说，与北疆相比，南疆人更长寿，原因在于，除喝罗布麻茶外，当地人喜欢吃水果、洋葱、番茄，不沾烟酒，心态平淡。而北疆以哈萨克族和蒙古族图瓦人为主，喜欢喝酒，加上天气寒冷，很难长寿。

仔细想想，确有道理，人的健康和长寿取决于多种因素：遗传基因、生活环境、饮食习惯、性格心理……缺一不可。

穿越塔克拉玛干

岑参笔下的轮台

无论是谁，只要读过边塞诗，对轮台这个名字都不会陌生。岑参两次从军西域，其边塞诗中有十多首提到轮台，其中最有名的是《走马川行奉送封大夫出师西征》：

君不见走马川行雪海边，
平沙莽莽黄入天。
轮台九月风夜吼，
一川碎石大如斗，

随风满地石乱走。

……

莽莽沙海，夜黑风吼，碎石乱走，这就是岑参眼中的轮台。

不过，据专家考证，岑参诗中所说的唐代轮台在天山之北的米泉（现为乌鲁木齐市的一部分），现今位于天山以南的轮台是汉代轮台国所在地。也有专家认为，岑参诗中所说的轮台是西北边地的代名词。但不管怎么说，轮台这个地名由于岑参的诗而扬名是肯定的。

我小时候对唐诗宋词颇感兴趣，不过那时候因为家里穷，看不到书。上大学和念研究生时，有了条件，经常到图书馆借阅人文史地之类的闲书。在古典诗词中，我最入迷的就是边塞诗，这些气势雄浑的诗句成了我后来对西域向往至极的一个重要原因。

轮台县城的南面，有一个小镇，名字就叫轮南。这个小镇原本名不见经传，20 世纪 80 年代，塔里木盆地发现了储量丰富的石油，由此掀起了塔里木油田大会战，轮南成了塔里木石油勘探开发指挥部所在地，也是“西气东输”一线工程的起点。塔里木盆地的天然气以轮南为起点，向东经甘肃、宁夏、陕西、山西、河南、安徽和江苏 7 个省区一直输送到上海。

人们对身边的事情往往习以为常，但一旦追寻起来，背后可能就有一长串的故事。这条“地下血管”对东部地区的作用怎么说都不为过。生活在东部繁华地区的人们，很少有人知道，他们厨房里用的天然气竟然来自塔克拉玛干沙漠北缘的一个默默无闻的小镇。

到达轮南已是晚上 9 点，看天气预报，这里的日出时间是 8:41，日落时间是 19:17，都比北京要晚两个小时。虽然天已完全黑了下来，但主街道上的商家都还没有打烊，似乎是在等待那些迟到的客人。

到底是石油基地，街头、商店、饭店、旅馆里到处可见穿橘红色衣服的石油工人。石油工人的流动性强，哪里发现了石油就去哪里。当年，大庆的铁人王进喜就来自甘肃的玉门油田。塔里木盆地发现了石油之后，又有一大批石油工人从黑龙江等地来到这里。正应了男中音歌唱家刘秉义演唱的那首老歌：“哪里有石油哪里就是我的家”。

我们入住的鸿发商务酒店虽然简陋，但却是镇上最好的旅馆之一。夜里异常的宁静，天空繁星闪烁，怎么都和岑参诗中说的狂风怒吼的轮台联系不起来。

斯文 · 赫定与死亡之海

早上 8 点起床，窗外漆黑一片。与石油工人聚在一个小饭馆里吃过早餐，顶着星星，一路向南，向塔克拉玛干大沙漠驶去。

我生长在树木繁盛的小兴安岭林区，对荒凉孤寂的沙漠向来陌生。虽说长大以后也到过一些沙漠：腾格里、巴丹吉林、鸣沙山、库布塔格……但都没有真正地深入其中。这次能够深入塔克拉玛干沙漠腹地，来一次纵贯之旅，心情自然激动。

荒凉孤寂的塔克拉玛干大沙漠

在维语里，塔克拉玛干是“进去出不来”的意思。这里白天沙面温度最高达 70 摄氏度，昼夜温差可达 40 摄氏度。气候干燥，年平均降水量只有 100 毫米，而蒸发量则超过 2500 毫米，蒸发量是降水量的 25 倍，其干旱程度可想而知。

在古人眼里，塔克拉玛干沙漠是恐怖的。“沙河中

多有恶鬼、热风，遇则皆死，无一全者。上无飞鸟，下无走兽。遍望极目，欲求度处，则莫知所拟，唯以死人枯骨为标帜耳。”这是1600年前西行求法的东晋高僧法显在《佛国记》中对塔克拉玛干沙漠所做的描述。

法显在穿越塔克拉玛干沙漠时，历经磨难，九死一生，最终越过葱岭，到达了印度。也许正是出于对沙漠的恐惧，法显回国时选择了走海路，搭乘一艘波斯商船，过印度洋，穿马六甲海峡，到达东海和黄海。有专家考证，法显上岸的地点是青岛的崂山。

而在西方探险家眼里，塔克拉玛干则是“死亡之海”。有沙漠旅行经验的人都知道，在沙漠里旅行有三怕：一怕风沙，二怕迷路，三怕断水。瑞典人斯文·赫定第一次来塔克拉玛干沙漠探险时由于遭遇断水，险些命丧黄泉：

1895年4月10日，斯文·赫定的驼队由喀什出发，渡过叶尔羌河，由麦盖提村向东进入塔克拉玛干沙漠。没料到，到第15天时，断水了。以斯文·赫定的野外经验和缜密的计划是不会发生这种情况的，原来，驼夫没有按照吩咐带上足够的水。斯文·赫定怒不可遏，但此时说什么都晚了。

斯文·赫定带领队员四处挖掘，但结果一无所获。

危急关头，向导约尔契偷喝掉了羊皮口袋里的最后一口水，差点被愤怒的同伴打死。接下来的几天里，他们只能靠鸡血和骆驼尿来补充水分。两名队友和七匹骆驼相继死亡。此时的斯文·赫定舌头肿胀，嘴唇干裂，双颊深陷，目光呆滞。他拼尽最后一点力气，向预想中的和田河爬去。

万没想到，和田河正处于干涸季节，见不到一滴水。死亡和恐惧笼罩着斯文·赫定，他出现了幻觉，冥冥中感觉自己来到了墓地。沿河道缓慢爬行，突然，奇迹出现了，眼前出现了一湾泉水！斯文·赫定不顾一切，连滚带爬地扑了过去。随着泉水的滋润，他的毛孔胀了起来，眼睛开始发亮。

斯文·赫定坐在地上喘了口气，脱下靴子装满水，原路返回，救活了驼夫卡西姆，找到了被牧人搭救的仆人白回子，还有一路散失的衣物、干粮、地图和日记，三个人继续上路。大难不死的斯文·赫定由此将塔克拉玛干称为“死亡之海”。

斯文·赫定在他的回忆录《我的探险生涯》中，对这一段生死经历有过生动描述。我是在海淀图书城买到这本书的。拿到书后，我最先看的就是这一部分，记得那 40 个页码我是一口气看完的。随着斯文·赫定扣人心弦的叙述，塔克拉玛干沙漠犹如一幅巨大的图画，在我的脑海中徐徐展开。

东方渐白，须臾，天际出现了一抹红，一轮旭日从大漠边缘冉冉升起，石油井架和“磕头机”的轮廓在旷野中显现出来。在苍茫无际的大沙漠衬托下，初升的朝阳显得那样红润，犹如彩笔画出来的一般。一时间，全车人都被这辉煌的景象所迷住。于是赶紧下车，找好位置，按动快门，将这难得的油田日出景色摄入镜头。

我经常到野外活动，也经常早起拍日出，各种日出景色看得很多，但看油田日出还是第一次，尤其是在塔里木盆地这空旷的田野上。这是一种刻骨铭心的印象，留在脑海里，永远挥之不去。

从塔里木盆地回来后，由于要做台历，遂选出一些照片交给了一家图文设计公司，没想到设计师选中的封面图片就是油田日出。

塔里木河，故乡的河

沙漠缺水，但不缺油。20 世纪 80 年代，塔里木盆地发现了储量丰富的油田，渺无人烟的沙漠从此有了生气，一批批身穿橘红色衣服的石油工人来到塔里木盆地，一座座井架和“磕头机”在荒漠上竖立起来。

采油运油要有路，而要想在这千里流沙之上修一条永久性公路可不是闹着玩的。尽管如此，经过人们的努力，一条纵贯南北、长520公里、穿越“死亡之海”的沙漠公路还是在1995年开通了。从此，天堑变通途，汽车代替了驼队，汽笛代替了驼铃。

塔里木沙漠公路北起轮南，南至民丰，穿过塔克拉玛干沙漠腹地，将沙漠北缘的314国道和南缘的315国道串联起来。由轮南小镇出发，可以看到一个零公里纪念碑，这就是沙漠公路的北端起点。

沙漠公路的贯通方便了采油工人。据当地的老石油人说，以前来塔中一带要绕道喀什、和田、民丰，兜一个大圈，不仅时间长，成本也高。沙漠公路的开通对当地百姓是一件大喜事。据说公路开通的当天，从乌鲁木齐运到民丰的啤酒就降价了三毛钱。

沙漠公路上，一位维吾尔族老人推车走过

在漫长的沙漠公路上，有人烟的地方只有两处：一处是塔河大桥；另一处是塔中油田基地。塔河大桥是随同沙漠公路一起修建的，桥下是缓缓流淌的塔里木河。“塔里木”在古突厥语中意为“注入湖泊、沙漠的河水支流”。塔里木河是中国第一大内流河，由发源于天山的阿克苏河和发源于喀喇昆仑山的叶尔羌河、和田河汇流而成，沿天山南麓一路向东流淌，最后消失在罗布泊中。

千百年来，塔里木河河道南北摆动，迁徙无定，这与它的河道浅，又是流淌在沙漠中有关。德国地理学家李希霍芬和俄国探险家普尔热瓦尔斯基曾就塔里木河的纬度发生过激烈争论，最后还是由斯文·赫定探明，塔里木河是一条“游移河”。塔里木河最后一次改道是在 1921 年，其主流向东注入孔雀河，流向罗布泊。1952 年，当地水利部门在尉犁县附近筑坝，使塔里木河同孔雀河分离，河水复经铁干里克故道流向若羌县境内的台特马湖。

在古人眼里，塔里木河就是黄河的源头。《山海经》认为，黄河源出昆仑，注入罗布泊，潜行地下，出积石山，奔流至海。也许，古人不甘心让这样一条美丽的河流就这样一头扎入地下，消失得无影无踪，所以才给它蒙上了一种传奇的色彩。

一条蜿蜒流淌的河水，给沙漠带来生命，让沙漠充满了生机，使干渴的旅人有了亲近它的欲望。沿着泥土小路走到桥下，发现河床很浅，主要以泥沙为主，见不到河底。与宽阔的河道相比，塔里木河的水面显得有点窄。用手撩一撩，水温不冷不热，很难想象它是由高山雪水汇流而成的。经过在沙漠边缘1000多公里的奔波，塔里木河的锐气到这里已消磨大半。

在浩瀚的沙漠边缘能有这样一条河水穿过，使沙漠有了生气，有了绿色，有了人家，难怪新疆人称其为“母亲河”。

看着眼前缓缓流淌的河水，还有倒映在水中的婆娑树影，耳边仿佛飘来一阵熟悉的歌声：

塔里木河，故乡的河，
多少回你从我的梦中流过，
无论我在什么地方，
都要向你倾诉心中的歌。

塔里木河，故乡的河，
我爱着你呀美丽的河，
你拨动着悠扬的琴弦，
伴随我唱起欢乐的歌。

哎！塔里木河呀，故乡的河，

你用乳汁把我养育，母亲河。

……

这首由克里木演唱的《塔里木河，故乡的河》，寄托了新疆人对塔里木河的热爱，也寄托了他们的情感。很难想象，如果没有这条河，新疆还会是新疆吗？

塔河大桥是观看胡杨林的好去处。时值金秋，河漫滩上，一丛丛金黄色的胡杨枝叶繁茂，风姿妩媚。放眼望去，塔里木河两岸的胡杨树林绵延不绝，犹如一道天然走廊，大气辽阔，撼人心魄，一片塞外风光。

桥下，一群穿橘红色衣服的年轻人正在照相，一看就知道是石油工人。交谈中得知他们来自河南，因为要回老家，赶在胡杨林最好的季节来拍些照片，回去好给家人看。

“你们来得正是好时候，现在是看胡杨林的最好季节。过几天一刮风，叶子就全掉光了。”听说我们是远道而来的，一位年轻的石油工人爽快地对我们说。

“每年都有人错过季节，高兴而来，扫兴而归。”另一位年纪稍大一点的石油工人说。

水井房，红柳

过了塔河大桥，就进入了塔克拉玛干沙漠腹地。

塔克拉玛干沙漠常年干旱少雨，它的腹地没有水源、没有绿色、没有生命。古往今来，茫茫大漠，千里流沙，不知吞噬了多少百姓、村庄、牛羊，埋没了多少文明。

然而，两千年前，塔克拉玛干并不是这个样子。杨镰先生告诉我，在“西域三十六国”时期，塔里木盆地的特征是绿洲片片，村落、农田、井渠相间。塔克拉玛干沙漠的形成是在唐代以后。由于自然环境的变化和人类活动的影响，水源减少，绿洲丧失，沙化加重，最终形成了今天的荒漠。

在杨镰先生家的书房里（2015 年 2 月 10 日）

天空阴沉，沙漠无边，人烟绝迹，让人想起“天地玄黄、宇宙洪荒”来。行驶在沙漠公路上的越野车犹如飘荡在大海中的一叶扁舟，不知终点在何处。

沙漠公路不是很宽，但平坦笔直，路上车辆稀少，偶有几辆车穿过，大多是石油运输车。大吕熟悉路况，油门一轰，大胆跑了起来。

低矮的红柳、梭梭和沙拐枣在道路两旁绵延伸展，远远望去，犹如无边大漠中的一道“绿色长廊”。想起几年前去埃及时，在由开罗前往亚历山大的路上，走过一段撒哈拉沙漠公路，路边几乎见不到绿色，沙子发黑，颗粒很大，与塔克拉玛干沙漠截然相反。

在荒无人烟的流动性沙漠上修建这样一条高等级的公路不是一件容易的事，而要保护这条公路的畅通更不容易。沙漠里的风是可怕的，一旦刮起时，风卷沙粒，漫天遍野，有时会移来整座沙丘，把人和牲口都埋在底下，更何况是一条道路。于是栽种植物和浇水就成了公路修通之后最重要的任务。

一路上，隔不远就会看到一所红顶蓝墙的小房子。小徐说，这是水井房，主要任务是给路边植物带浇水，清理流沙。在漫无边际的沙海中，眼前时不时出现这种红蓝相间的小房子，令人心情愉快，至少是抵消了一部分孤独感。

我在中央电视台科教频道《探索·发现》栏目看过一集电视纪录片——《红柳的故事》。片中说，红柳是塔里木盆地的植物“三剑客”之一，另外两种是胡杨和芦苇。红柳在塔克拉玛干地区又叫柽柳，是一种多年生灌木，大多生长在戈壁沙漠和贫瘠土壤上，具有耐旱、耐寒、耐高温、耐盐碱等特点，有极强的防风固沙和保持水土的能力。红柳根须发达，枝叶柔软，不易拔根或折断。每当沙漠风起之时，红柳的枝叶就会随风摇曳，起到降低风速的作用。

在植被稀少的戈壁大漠，红柳还是一种不可多得的观赏植物。它的茎秆为枣红色，叶子为墨绿色，花为粉红色，叶片为鳞状，果实为白色的絮状。我们虽然没有赶上红柳春夏开花的季节，但在漫漫黄沙中看到一条长长的绿色植物带，感觉赏心悦目，也能想象得出开花时节它们的妩媚风姿。

将近沙漠腹地的塔中油田基地，天空渐渐放晴，波浪式的沙丘上方可见缕缕白云。天高地阔，车行无阻，在我的户外经历中，只有呼伦贝尔大草原才能与之相比。

塔中是塔里木盆地的主要石油基地，也是沙漠公路上唯一一个能让路人歇脚打尖的地方，路边布满了饭馆、小卖店和汽修部，还有供行旅们休闲的台球厅和练歌厅。一座高大的门楼横架在公路上方，对联一侧写道：只有荒凉的沙漠，另一侧写道：没有荒凉的人生，横批：征战死亡之海。

“死亡之海”的说法出自斯文 · 赫定。如今，有了沙漠公路，“死亡之海”不再可怕。人们甚至已经开始向这个“海洋”索取资源，这是百年前的斯文 · 赫定们绝对想象不到的。

沙漠落日

时过晌午，在“大漠风情园”清真餐馆吃过拌面，沿沙漠公路继续南行。

红顶蓝墙的水井房不时闪过车窗，在让人感到一丝生气的同时，也让人猜想：这些小房子里住着什么样的人？他们在做什么？孤独寂寞的他们见到我们这些“闯入者”会作何反应？

车子在 71 号水井房前停下。水房、工作间和休息室门窗紧闭，显然，主人外出干活未回。水井房周边的沙地上，布满了一块块翘起的盐碱壳子。在好奇心驱使下，我用拇指和食指小心翼翼撮起一点白色粉末，放在嘴边尝了尝，一股盐和碱的混合味道在口中漫延开来，喜欢探究问题的我这回总算知道盐碱地是咋回事了。

一根黑色水管蜿蜒着伸向灌木丛，间隔的孔道冒出细小的水流，对那些低矮的植物进行“滴灌”。这些低矮植物以红柳为主，间有梭梭、沙拐枣等。除此之外，在路边沙地上还可以看到用 30 公分高的芦苇秆插成的田字格，用 1 米高的芦苇秆扎成的篱笆，用渔网覆盖起来的沙丘……没想到防沙护路的方法有这么多。

此前，我只是在宁夏中卫的沙坡头，也就是腾格里沙漠的东缘，见过草方格式的防沙护路方法，由于是第一次，觉得很新奇。这次见到，有种似曾相识的感觉。不过沙坡头的那条路是一条铁路，即包头到兰州的包兰铁路。地理学家竺可桢写过一篇《向沙漠进军》，称赞包兰铁路的防沙固沙做法。该文作为科普文章被收在中学语文课本中。

护路工人的劳动保证了路面的畅通，也给沙漠带来了一道绿色景观。但有谁能够想到，在大漠中坚守是多么不容易的一件事，茫茫沙海，见不到人烟，每天只能与寂寞相伴。这里的养护工人一般都是夫妻结伴，隔一段时间就要轮换一次。除了干活之外，数天上的星星，看地上往来的车辆是他们每天打发时间的主要办法。

遗憾的是，我们两次停车，水井房都是紧锁的，一个护路工人都没见到，想要与他们交谈的愿望落了空。这也反衬出护路工人每天的工作量之大。

车子继续南行，不知不觉，太阳从车厢左侧移到了右侧，渐渐西沉。路边的生气多了起来，又见到了胡杨树，还有些纵横交错的小水沟，看样子快要走出沙漠了。车上人一致决定，要在这里等待日落，欣赏一下这难得的沙漠日落景色。

停下车来，爬上沙丘。在夕阳的斜射下，沙漠的纹理格外清晰，现出如丝绸般的质感，偶有昆虫爬过，留下丝丝痕迹。弯下腰，随手抓起一把流沙，任凭细沙从指缝间倏倏滑落。细沙如一股股细小的瀑布，流泻到地上，与金黄色的沙丘融为一体。

远望，苍穹之下，黄沙万里，如波浪般起伏，绵延不绝，伸向远方，与天际相接，有一种动人心魄的魅力。不用说，这是摄影人最钟爱的景致。顺光照完之后，又对着太阳，照了几张逆光像，夕阳、沙漠、胡杨的轮廓在画面中格外清晰。就这样，几个人站在沙丘上，目送着那轮陪伴了我们一天的太阳一点一点地沉落在无边无垠的沙海中。

这一天，早上见到了油田日出，晚上见到了沙漠日落，截然不同的景色，截然不同的感受。

晚上 8 点，到达沙漠公路最南端的民丰县城。终于走出“死亡之海”，见到了人烟。

昆仑山下

行走戈壁滩

昆仑山脚下比天山脚下温度要低好多，夜间已降到零下，白天在外面至少要穿毛衣才行。好在屋里已经开始供应暖气，晚上睡觉还不觉得冷。

由民丰县城西行 300 公里就是“玉石之都”和田，中间要经过于田县和策勒县。315 国道路况很好，一路风景，右手边是一望无际的塔克拉玛干沙漠，左手边则是白雪皑皑、绵延不绝的昆仑山。

在远古传说中，昆仑山是神山，中华民族的很多神话传说都与昆仑山有关，如“嫦娥奔月”、《西游记》和《白蛇传》等。昆仑山也是明末道教混元派（即昆仑派）的道场所在地。

传说，西王母娘娘就住在昆仑山的瑶池畔。《穆天子传》中有一段记载，说周穆王西行途中曾到昆仑山拜见过西王母娘娘。故事梗概是这样的：

西周时期，周穆王喜好旅行。有一次，他以造父为车夫，驾着八匹千里马，带着七队选拔出来的勇士，从中原出发，先北游到蒙古草原，再折向西，游览西域的名山大川。到了昆仑山，受到西王母娘娘的盛情接待。西王母娘娘在瑶池为周穆王设宴，饮酒吟诗，抒发情感。

西王母娘娘唱道：“天上飘着悠悠白云，道路啊漫长得无穷无尽。无数的高山大河把我们阻隔，从此一别将难通音信。然而你将长生不老，相信以后还能重逢。”

周穆王作答：“我回到神州故土以后，将使华夏各国都能和睦相处，使万民都过上平等富足的生活，到那时我会再来看望你。”

周穆王登山眺望，在一块石头上刻下了“西王母之国”五个字，而后“载玉万只”而归。

由昆仑山流下的雪水给干旱无雨的塔克拉玛干沙漠带来了生机。雪水融化之后形成的一条条溪流，向北流去，在戈壁和沙漠中形成一片片绿洲。从古到今，这些绿洲就是人们劳作生息的依托之地。

在沙漠地区要想生存，首先要有水，有水的地方才有植物、才有人、才有牛羊。过去西域的很多小国都是靠水为生的。翻看南疆地图，不难发现，现存的遗址大多在水边，如尼雅遗址就位于尼雅河下游。行走在茫茫戈壁沙海中，如果你发现了树木、村庄、人烟、牛羊，那么附近一定有水。细心观察你就会发现有一条小河在静静流过，正是它孕育了绿洲文明。过去，人们在沙漠里行走，要用羊皮口袋盛满足够的水，放在骆驼背上，见到水源及时补充，就像现在跑长途的车要随时加油一样。

水对人类的生存实在是太重要了，甚至比吃饭还要重要。要不人们为什么在形容急切得到某种东西时用“渴望”，而不是“饥望”或“饿望”呢？

水在沙漠地区尤为宝贵。塔克拉玛干地区的水源主要来自地表水，即河流湖泊。如果打井，至少要打到100 米才能见到水。在缺乏现代化挖掘工具的情况下，人工打井无疑是天方夜谭。张艺谋主演的电影《老井》中，全村人拼死拼活、前赴后继，终于掘出一口水井。那个故事的背景是黄土高原，我相信，如果把故事移到塔克拉玛干，一个村子依靠原始工具，就是搭上再多人的性命也打不出一口井。

与草原地区一样，沙漠地区的人们也只能是“逐水草而居”。“有水有树的地方，才有人家。”这是杨镰先生在塔里木地区搜集到的一句古老谚语。我们今天看到的很多遗址之所以被废弃不用，一个重要原因就是失去了水源，导致人们被迫迁徙。多次来塔里木盆地考察的美国气象学家亨廷顿总结出一个规律，西域绿洲一般生存 200 年左右就要出现荒漠化，迫使人们放弃家园，迁徙到其他有水草的地方去。

315 国道修筑在昆仑山与塔克拉玛干沙漠的过渡地带，其地貌形态主要是戈壁滩。戈壁滩由砾石和粗沙粒构成，是洪水冲积的结果。随着出山洪水能量的逐渐减弱，被洪水冲击下来的石块由大变小。在长年累月的日晒、雨淋和风蚀下，这些岩石的棱角都逐渐磨圆，变成了砾石。

按照地理学知识，塔里木盆地干旱少雨，昼夜温差大，石头容易“开花”，这样慢慢就形成了由砾石和粗沙粒构成的戈壁滩。而那些细小的砂粒则漂浮得更远，形成了今天的塔克拉玛干大沙漠。

沙埋古城，东方庞贝

民丰县位于昆仑山脚下，隶属和田地区。县城不大，原本很萧条，不为人知，就连经常看地图的人也不大注意。可自从沙漠公路开通后，这里却成了交通枢纽，一个原本默默无闻的边远小县城开始热闹起来。

据国学大师王国维考证，西域三十六国之一的精绝国就在如今的民丰县境内，由于它位于尼雅河尾闾，又被称为尼雅遗址。玄奘自天竺取经归国途中曾路过此地。20 世纪初，为英国效力的匈牙利犹太人斯坦因怀揣《大唐西域记》，四次来这里勘测发掘。

湮没在黄沙中的尼雅遗址保存之完好，令考古学家斯坦因感到吃惊。当他走进古城遗址时，出现在他眼前的是一座高大的佛塔，四周散落着民居、官衙、寺院、作坊、墓地、储水池、牲口栏、葡萄园、林荫路，一切秩序井然。古城如同中了魔法般的沉静，仿佛城中的居民刚刚离去。也许，他们遭遇了一场突如其来的灾难，比如瘟疫，还没来得及收拾东西，就匆匆离开了家园。斯坦因形容，他甚至产生了要轻轻推开一扇虚掩的柴门进去做客的想法。

在这里，斯坦因意外地发现了一个楼兰王国时期的档案室。在不大的房间里，到处是缄封完好的木板。木板上刻的是死去千年的古于阗文字——佉卢文。当斯坦因把发掘出来的 12 箱文物运回英国时，西方人大为震惊，惊呼："又一个庞贝，东方的庞贝！"其后又有美国人亨廷顿、日本人橘瑞超等来此发掘考察，每次都成果不菲。

1995 年，考古人员在此地清理一座墓葬时，发现了一幅织锦护膊，上书"五星出东方利中国"，令世人震惊。考古学家孟凡人是当年的发掘者之一。面对记者的采访，他解释说：这里的五星指的是"金、木、水、火、土"，与现在的五星不是一个概念。古人认为，五个星星同时出现在东方意味着大吉大利。他认为，这个护膊有可能是驻扎在精绝国的汉军从中原带过来的。这些汉军的任务是戍边开荒，维护丝绸之路的畅通，随身带上这个护膊是为了保佑平安。该文物现藏于新疆考古研究所，为国家一类文物，禁止出境。

说起精绝国这个名字，很多人感到陌生，但一提起《鬼吹灯》很多人都听说过。这部在网络上炒红的盗墓小说就是以精绝古城为背景展开的。我平时喜欢看闲书，但鬼怪神灵和武侠类题材不在涉猎范围，所以了解不多，只是在地摊上常见到这部厚厚的系列小说摆放在明显位置。据说，这部小说的内容有点类似以探秘埃及金字塔为背景的《古墓丽影》，因而很受喜爱猎奇的年轻人欢迎。

来塔里木盆地之前，我对尼雅遗址有所耳闻，从地图上看似乎离沙漠公路和民丰县城都不远，故将其列入了行程计划。但到了才知道，进去一次很难，路不好走，需要时间，还要和地方文管所交涉。文管所出于保护文物起见，不大愿意让外人进入。听到这些情况，我们决定作罢，不再去费事冒险。

返程时，在库尔勒机场买到一张光盘——《神秘的新疆》，由台湾一个摄制组拍摄，回来后观赏回味了几遍。里面讲到，摄制组在当地文物部门的协助下欲进入尼雅遗址，结果半路遇到风沙，被迫返回。

可爱的骆驼

在新疆，开车要有耐性，一天跑几百公里是常事，几十公里根本就不算啥。如果你问司机："还有多远？"司机回答说："快了！"那你千万不要当真，他说的"快了"可能至少是个把小时。在广袤的塔里木盆地更是如此，车子常常要开出几百公里才能见到人烟。

不过，在新疆开车有一个好处，就是车速能提起来。与西部其他地区相比，新疆的路况算是好的，很少遇到拐弯、颠簸之类的现象，而且车辆稀少，很少堵车。即使是建在帕米尔高原上的喀喇昆仑公路，路况也要比滇藏线（214 国道）和川藏线（318 国道）好得多。

我有一次走滇藏线，由中甸前往德钦，也就是香格里拉到梅里雪山那段路，180 公里的路程走了差不多 7 个小时，时速不到 30 公里。一路上坑坑洼洼，弯道不断，几次遇到塌方断路，给我们开车的藏族司机戏称这里是“颠脏路”。不过，这位司机师傅艺高人胆大，倚仗在这条线上跑了几十年，路况熟悉，车子开得飞快，遇到拐弯也没有减速的意思，矿泉水瓶在地上滚来滚去，车上人跳起了摇摆舞，几位苏州来的女士一路上惊叫不已。

车子在一马平川的戈壁滩上疾驶，车上的人昏昏欲睡。就在这时，大吕突然来了一个急刹车，把大家从睡梦中惊醒。睁眼望去，两头高大的骆驼正在慢慢悠悠地横穿公路，环顾四周，路边不远处还有一群骆驼，原来这两头骆驼是在归队。车上人立刻兴奋起来，马上靠边停车，手持相机向骆驼群慢慢靠近。

在芦苇扎成的栅栏里，十几头骆驼在胡杨树旁觅食，见不到牧人，估计是躲到什么地方睡觉去了。一头骆驼在大口大口咀嚼坚硬的芒刺，毫无畏惧之色。真不知道它的口腔是什么构造的？看来骆驼刺这个名字不是凭空起的。

这些庞然大物看到我们，似乎有些警觉，昂起头来，慢慢靠拢，聚在一起。我猜想其中一定有一匹“头骆”，在指挥着这个群体。这些骆驼站在沙地上，高高的驼峰，长长的脖子，昂首挺胸，与我们对视起来。

一群骆驼聚集在胡杨树下

过去，骆驼几乎是沙漠里唯一的运输工具。想当年，在漫漫丝路上，看到的是络绎不绝的商旅，听到的是叮当作响的驼铃。100 多年前，斯文 · 赫定和斯坦因进入沙漠，一走几十天，靠的就是骆驼。他们的队伍往往由上百头骆驼组成，驮着水、食品、衣被、帐篷、木箱、测量和挖掘工具，由当地牧人带路，一路蹒跚前行。

随着汽车和电动车的广泛使用，沙漠里的骆驼越来越少，只有在边远地区才能见到。现在我们看到的骆驼大多是人工驯养的，很多人在野外一看到骆驼就狂呼："野骆驼！"岂不知，100 年前由俄国人普尔热瓦斯基在罗布泊考察时发现并命名的野骆驼已经凤毛麟角。原邮电部曾于1993年发行过一套野骆驼邮票，足见其珍贵。

与人工驯养的骆驼相比，野骆驼"野性"十足。中央电视台科教频道《探索·发现》栏目组在塔克拉玛干沙漠拍摄时，偶遇一群野骆驼。栏目组人员欣喜若狂，开着吉普车猛追。肉长的四条腿再快也跑不过钢铸的四个轱辘，最终，一头野骆驼跑不动了。但它的脾气也来了，只见它转过身来，面对镜头，高昂头颅，怒目圆睁。如果把它呼哧呼哧的粗气翻译过来，一定是："你们老追我干什么？"一位编导人员拿来一棵红柳枝，凑到跟前示好。可这头野骆驼根本就不买帐，只见它把头一甩，咣当一声，把吉普车的挡风玻璃撞得粉碎。野生的就是野生的，要不怎么叫"野"骆驼呢？

对普通旅游者来说，能在驼夫的牵引下在沙漠中骑骑人工驯养的骆驼也不失为一个很好的体验。我在宁夏沙坡头和甘肃鸣沙山都有过体验，虽然行走的速度很慢，但与骑马相比，坐在驼背上的感觉很舒服，因为驼背比马背宽厚。骆驼体形高大，骑在驼背上也颇有几分威风的味道。对喜欢摄影的驴友来说，拍行进在高低起伏的沙海中的驼队也是一个很不错的题材。

巴扎，刀郎羊

告别可爱的骆驼，继续前行。远远望见有缕缕炊烟在升起，不用说，那一定是于田县城。

路边出现大片的沙枣树，成串的沙枣挂在树枝上，让人眼馋，于是停下车来，摘几粒尝尝。沙枣大多已经变黄，放进嘴里，感觉沙沙的、甜甜的。新疆是瓜果之乡，小小的沙枣算不上什么，所以无人采摘，任其变黄。而对我们这些内地来的人来说，看到路边黄澄澄的沙枣，在感到新鲜的同时，也为它们无人顾及感到可惜。

进入于田县城，路上的电动三轮车明显多了起来。当地人管这种车叫“电驴子”。这种车后面都带有一个货箱，运货和坐人都非常方便，常常是男人在前面开车，女人和孩子坐在货箱里。“电驴子”方便实用，售价不高，在乡镇街道上随处可见。

与民丰县城相比，于田县城繁华了许多，这与它靠近和田市有关，也与它的历史有关。西汉时期，于田是西域三十六国之一的扜弥国所在地，是丝绸之路南道入口和佛教初传之地，也是兵力最盛的绿洲古国，东汉时期衰落，后被于阗国吞并，清代称于阗县。

最热闹的当属于田的巴扎，店铺林立，人来车往，嘈嘈杂杂，货架上挂着各种颜色的丝织地毯，街道两旁不时传来叮叮当当砸洋铁皮的声音，让人感到仿佛是到了中世纪的集市。逛巴扎的几乎都是维吾尔族人，汉族人很少，像我们这样的外地游人几乎见不到。走进巴扎，感觉自己就是这里的“少数民族”。

巴扎上的青年男子多戴一种绿色小帽。这种帽子四四方方，饰以白色花纹，戴的时候一角朝前。上年纪的老人则戴一种黑色圆筒形帽子，厚厚的呢子料，看起来很保暖。女子有些戴小帽，有些戴丝巾。最有意思的是摊主们卖帽子的方式。帽摊上的帽子没有号，小贩的脑袋就是标准。如果你想知道号码是多少，小贩就会先拿一顶自己戴上，根据松紧，告诉你这个帽子是多大号，是否适合你戴。

巴扎的一个角落里，聚集着一群羊，体形高大，毛色雪白，头部和腿部暗红，大耳朵、高鼻梁。大吕告诉我们，这就是有名的刀郎羊。这种羊生长发育快，肉嫩、多汁、无膻味。当地人多拿它来出口创汇，由此市场上也出现了炒作现象，一只上好的刀郎羊能卖到几十万，甚至上百万，令人不可思议。卖羊的老汉说，他的羊每只价格一万五，是巴扎上最便宜的。

于田巴扎上的刀郎羊

在鳞次栉比的店铺中，我们选择了一个看起来比较干净整洁的饭馆。说是饭馆，实际上就是两个简陋的塑料大棚。一个大棚下有一个馕坑、一个烤架、一个案板，这就是“厨房”；另一个大棚下有两张木床，上面各放一个小桌，桌上各有一把擦得锃亮的铜茶壶，食客可以坐在床沿上，也可以盘腿坐在床上，这就是“餐厅”。

伙计从烤炉里拎出来一只烤好的整羊，顿时，一股香味扑鼻而来。伙计操着半生不熟的汉语告诉我们，这些羊都在一岁上下，每只在 7 公斤左右，烤好的羊肉每公斤卖 25 元。

看着滋滋冒油的烤全羊，胃口大开，于是不容分说，买上半只。伙计干活麻利，用一把带花纹的英吉沙小刀，三下五除二，将羊肉切开，旋即端上桌来。就这样，一份烤全羊、一壶茶、一个馕，香喷喷的一顿午饭。看看周围，采取这种吃法的人很多，这就是当地人的午餐，与汉族人顿顿都要有炒菜的吃法完全不同。邻桌一位头戴丝巾的妇女吃完没走，坐在床边翻看手机信息，桌子上散落着几个烤羊肉串的扦子，一个塑料袋里放着几个馕，看样子是要给家人带的。

“在新疆，越往南走民族风情越浓郁，就像出了国一样。”走出巴扎，想起新疆朋友此前说的话，确实如此。

达玛沟，精美的小佛寺

离开于田县城，继续向西行驶，下一个目的地是达玛沟佛教文化遗址。

通往达玛沟的道路宽阔笔直，两侧长满一排排高大挺拔的杨树，时值深秋，片片黄叶飘落地上，给人带来秋风落叶的意境，不由想起语文课本里的一篇散文——《白杨礼赞》。当年作家茅盾由新疆返回陕北途中，见到那些“枝丫绝不旁逸斜出”的白杨树时，不由得惊奇地叫了起来："那就是白杨树，西北极普通的一种树，然而实在是不平凡的一种树！"

眼前看到的杨树与茅盾文章里描述的杨树很相似，但不是一个品种。"这是钻天杨，是从意大利引进的树种。"小徐说。

映入我们眼帘的钻天杨高二三十米，树皮灰褐色，树冠圆形，高耸挺拔，姿态优美。这种树的特点是生长快、耐旱、耐盐碱、抗风沙，尤其适合在干旱少雨的西北地区栽种。据说钻天杨的树皮还可入药，对感冒、风湿疼痛、脚气肿、烧烫伤等有很好的功效。

穿过一排排钻天杨，眼前出现一片荒滩，这就是达玛沟佛教文化遗址。

说起这片遗址的发现，还有个戏剧性情节。2000 年 3 月，当地几个年轻的牧羊人在达玛沟挖红柳根，不经意间挖出了一尊残破的佛像。抱着发财的梦想，他们在此挖了一整天，没有找到期望中的金银财宝，倒是意外地发现了一处佛寺。在他们眼里，那些残破的佛寺一文不值，失望之余，一个毛头小伙子朝佛像腿部狠狠踢了一脚。

没想到，第二天，这个对佛像动粗的人骑摩托车时摔伤了大腿，于是佛像显灵之说在当地流传开来。后经乡政府向上级文物部门报告，由考古学家巫新华博士牵头，对这处被流沙湮没千年的遗址进行了抢救性发掘，结果发现了大量有价值的文物。

目前已经发掘和展出的佛寺有三处，其中 1 号小佛寺原址已建成了佛教文化遗址博物馆，对外开放，另外两处佛寺遗址被封闭在附近的一个板房内，规模比 1 号佛寺遗址大得多。

达玛沟佛教文化遗址

小佛寺名副其实，小得不能再小，南北长 2 米，东西宽 1.7 米，只有不到 4 平方米，用“袖珍”两个字来形容恐怕再恰当不过。可惜的是，主尊佛像头部已经丢失，胳膊也已经断掉，只留下彩绘的身躯。令人欣喜的是，在四周残破的墙壁上，还留有几幅佛教人物壁画，精美异常。据专家鉴定，这些壁画在风格上属历史上有名的于阗画派。

小佛寺是目前国内发现的最小佛殿，但出土的文物却十分丰富，除了彩绘佛像和精美的壁画外，还有千眼木板画、千手观音和三弦琵琶等珍贵文物。看着这些精美的文物展示，迟迟不想离开，不知是否允许拍照。看看管理人员不在，拍下几张照片，留作回味之用。

新疆文物古迹众多，但多数都没有保存下来，或者破坏严重，像达玛沟这样保存完好的遗址并不多见，这更体现了它的珍贵之处。但它目前还不大为人所知，旅游团队就是从这里经过也不停车。我来南疆之前尽管做了很多功课，但没见到关于它的介绍。要不是大吕和小徐的带领，我们是绝对不可能有幸目睹这处小巧而又精美的遗址的。我们在达玛沟没有发现其他游客，只见到一队武警战士匆匆而过，不知他们是顺路过来看看，还是负责这一带的警戒任务。

卖石榴的老汉

正常情况下，由达玛沟前往和田要走 315 国道，可熟悉路况的大吕说可以抄个近道，于是车子三拐两拐驶上了一条县道。县道路窄，但路况很好，沿途一派乡村田野风光，又见到了沙漠、红柳，偶尔还能见到几株金黄色的胡杨树。

车子从一个不知名的小村庄穿过，看见路旁有一个卖石榴的地摊，很是诱人。于是下车瞧瞧，也借机休息一下。

卖石榴的老汉不会说汉语，但热情憨厚，笑呵呵地盯着我们，目光中透露出一份诚挚，完全没有生意人的那种过分热情和圆滑感。老汉的石榴个头很大，又红又圆，15 元一公斤。见我们夸他的石榴，老汉乐得合不拢嘴，顺手掰开一个请我们品尝。大吕尝过之后连声说好，于是毫不犹豫地买了两公斤。

院子对面有个果园，里面种满了一棵棵石榴树。已经到了收获季节，树上存留的石榴不是很多。这是我第一次见到石榴树，没想到它的树干这么矮小、纤细。可就是这些不起眼的小树结出了这么硕大的果实，实在令人惊奇。

正要离开，老汉的老伴和小孙子从院里走了出来，老太太笑呵呵地上下打量我们，小孙子则怯生生地躲在奶奶身后不说话。显然，这个地方很少有外人来，特别是汉族人来。大吕从车上拿出几个在库尔勒买的香梨，送给这位可爱的小朋友，一家人乐呵呵地和我们挥手道别。趁着这当儿，我拍了几张特写，回来后把其中一张用在了“美丽的南疆”小台历上。

我后来又在几个略微繁华一点的地方见到了卖石榴的摊位，但都觉得没有这个老汉家的好，而且价格也高。不可否认，我的这种判断里面也包含了对这个乡下老汉的好感。

我时常行走各地，接触各色人等，脑子里经常想一个问题：商业化在给人们带来富裕的同时，是不是也在割断人与人之间的情感，把人与人之

间的关系由“人情”变成了“钱情”？

泸沽湖原本是个远离尘世的净土，可自打“走婚”题材出来后，造访者络绎不绝，原本淳朴的摩梭人也变得世故圆滑起来。我在泸沽湖遇到一个从事旅游行当的摩梭小伙子，在车上花言巧语，夹杂威胁，要我们多付费，否则没法招待。我看着他，在厌恶的同时，也产生了一丝怜悯，是什么导致他如此无情、冷漠？他原本不是这个样子。

所幸的是，商业化并没有将每一个角落的人性都泯灭掉。时至今日，卖石榴的乡下老汉留给我的记忆仍难以忘记。但愿这种亲情、这种人性能够普及，能够长久。

接近和田市区，村庄多了起来，路边可以见到一片片的枣园。在一片空阔的场地上，摊晒着红红的大枣，个大饱满。早就听说和田的大枣有名，今天见到，果不其然。一群妇女三三两两地在场地上分拣和晾晒，几个头戴花帽的男子负责销售。一问价钱，32 元一公斤，比市场上的要便宜好多。交谈中得知，今年南疆的雨水较大，瓜果丰收，来这里采购的内地人比往年多，果农的收入也有了提高。怪不得我们在这里见到的果农一个个脸上都喜气洋洋的。

从南疆回来后，在北京的市场上见到一种“和田玉枣”，产自新疆生产建设兵团农十四师旗下的红枣绿色食品基地。厂家对它的介绍是："果形大、皮薄、肉厚、口感甘甜醇厚"。它的产地"拥有适合红枣生长的沙化土壤、充沛的光热资源和富含矿物质元素的昆仑山冰川雪水资源"。看着亲切，买上一袋，一尝果然名副其实，只是价格有点贵，500 克要 55 元。

看来，要想品尝原汁原味的东西，又要价格合理，非得到原产地不可。

佛国于阗

和田古称"于阗"，最早的居民为吐火罗人。公元 2 世纪末，佛教传入西域，于阗成为大乘佛教的中心。魏晋至隋唐，于阗国一直是中原佛教的源泉之一。唐代，于阗为"安西四镇"之一。于阗国由尉迟家族统治，存世 1300 余年，在西域乃至中原的地方政权中是寿命最长的。

高僧玄奘自天竺返回途中，在于阗停留数月之久，受到国人上下拥戴。玄奘在这里每日设坛，讲经说法，听众数千人，包括国王、僧众和平民。于阗给西行归来的玄奘留下很好印象，他在《大唐西域记》中记载："此国人性温恭，知礼仪，崇尚佛法，伽蓝百余所，僧徒五千余人，并习学大乘法教。"

玄奘之所以在于阗停留数月，有一个难以启齿的原因。当年他出国时没有得到官方许可，属于偷渡。他怕唐太宗追究，于是在于阗写了一封信，托东行商旅带到长安。玄奘在信中陈述了自己的西行经历和收获，请求圣上开恩，准许他回到中原故土，弘扬佛法。急于了解西域情况的唐太宗看到后，兴高采烈，不但原谅了玄奘的偷渡行为，还命于阗国王派人护送他回到长安。

于阗深受中原汉文化影响，历代国王均注重发展与中原王朝的关系，多次派使臣到中原进贡。唐玄宗天宝年间，安禄山起兵叛乱，于阗国王尉迟胜亲自率兵赶赴中原，参与平乱，事后，留在长安，并终老于此。后晋时期，于阗国王李圣天被册封为“大宝于阗国王”。莫高窟千佛洞有一幅李圣天壁画，头戴王冠，宽衣博带，雍容华贵，地道的汉人装束，旁边的题记为“大朝大宝于阗国大圣大明天子”。“大朝”，就是李圣天对唐朝的称呼。

于阗与中原地区关系之密切甚至反映在他们使用的货币上。考古学家在和田发掘出一种古代于阗的钱币，将其命名为“汉佉二体钱”，俗称“和田马钱”。这种钱币圆形无孔，正面有马形图案，四周为古代于阗使用的佉卢文，背面为骆驼图案，四周为汉文。按照这种叫法，我们现在使用的人民币应当叫作“五体钱”，因为现在的人民币上印有汉、藏、蒙、回、壮五种文字。汉佉二体钱为钱币收藏者所追捧，据说目前存世仅有 100 多枚，多数在国外的博物馆和私人手中。

公元 11 世纪，喀喇汗王朝发动了一场声势浩大的征服于阗国的宗教战争，持续数年之久。最终，在勇士们的战马和弯刀面前，佛像轰然倒塌，念珠散落在地，昔日庄严盛大的寺院佛塔，还有那些浩如烟海的经卷文书，均埋入沙土之中，曾经在丝路古道上繁盛一时的佛国于阗就此消亡。

不过，于阗文化的影响并没有消失殆尽。于阗语在东方语言中占有重要地位，据说“佛”字就译自于阗语。国外学者在于阗语的研究方面起步早，研究深入，但中国也不乏这方面的专家。我在《寻找丝绸之路》节目中看过有记者采访北京大学东方语言文化系段晴教授，她不但识得这种早已消失了的西域古文字，而且还能够读出音儿来。

近代以来，中外考古学家和探险家在和田和敦煌陆续发现大量于阗文献。前不久，我回母校参加导师 80 寿辰聚会，从人民大学博物馆门前路过，发现这里有一个“于阗文书展”。没想到这么冷门的东西如今也走进了大学校园。看介绍，这批文物是人民大学历史学教授、考古学家魏坚在新疆收集、鉴定并运回北京的。由于刚刚从南疆回来，热乎劲儿未过，带着对西域文化的余兴，我兴冲冲跑到楼上，想再重温一下旅行记忆。不巧的是，展览已经结束。

于阗人有绘画天赋，唐代画家中，与阎立本和吴道子齐名的尉迟乙僧就来自于阗。尉迟乙僧年轻时因绘画方面的才能，被荐入长安。其画风特点是“用笔紧劲，如屈铁盘丝”，用色沉着浓重，有明显的凹凸感。其画风对唐代影响很大，可惜作品真迹现已无存。

于阗人能歌善舞，所谓“国尚乐音，人好歌舞”，这一传统一直延续至今。有个耳熟能详的例子，1950年国庆节期间，毛泽东在中南海怀仁堂观看少数民族表演，作《浣溪沙 · 和柳亚子先生》一词，其中一句“一唱雄鸡天下白，万方乐奏有于阗”，流传甚广。小时候，学生课本内容单一，这首词我多次读过背过，但一直不知“于阗”为何意，为何与音乐有关？来到昔日的于阗国地界方如梦初醒。

汉唐时期，于阗是佛教流传的必经之地，佛教遗迹众多，我们在达玛沟见到的遗址只是其中一部分。表面看过去，荒野之中，沙丘高低起伏，上面长满了红柳、骆驼刺和芦苇，谁能想到下面竟埋藏着那么多有价值的文物呢？由于遗址面积太大，政府和文物部门管不过来，这就给不法分子以可乘之机。

有报道说，几年前，一些村民动用挖掘机在此进行大规模盗挖，见到他们认为是宝贝的东西就留下，见到在他们眼里属于没用的东西就丢弃，现场一片狼藉，引起舆论哗然。没想到 100 多年前被斯坦因遗漏的遗址，在 100 年后毁在这些无知村民的手里。

斯坦因的发现

1900 年 12 月，斯坦因完成了在约特干遗址的考察。就在他寻找下一个挖掘目标时，偶然听一个叫吐尔迪的牧民说，附近的沙漠里藏有一座"象牙房子"，里面有很多宝物。

斯坦因听后兴奋不已。他断定，这一定是此前斯文 · 赫定发现的丹丹乌里克，一个比约特干更有价值的宝地。雄心勃勃的斯坦因不顾疲劳，更顾不上即将来临的圣诞节，立刻雇了 30 多个民工，在吐尔迪的带领下，骑上骆驼，带上干粮和水，赶往深藏在沙漠中的"象牙房子"。

"低矮的沙丘之间，分布着一群规模不大，但显然十分古老的建筑遗迹……沙土已被吹走的地方，露出残垣断壁，木料框架上抹着一层厚厚的灰泥，断壁有几英尺高。"斯坦因在《沙埋和阗废墟记》中这样描述他第一眼看到的丹丹乌里克废墟。

最让斯坦因感到惊喜不已的是，他在这里发掘出了四幅唐代木板画，即《鼠神图》《东国公主传丝图》《龙女索夫图》和《波斯菩萨图》。这些画作在风格上属于在印度流行的希腊美术风格。斯坦因的发现轰动了美术界，尤其是那个龙女的三道弯造型，至今仍让人钦羡不已。

更令斯坦因感到惊奇的是，这些画作表现的内容，除了《波斯菩萨图》外，其他三幅均与玄奘法师在《大唐西域记》中记载的故事完全相同。

《大唐西域记》中记载的三个故事不仅对了解古代于阗很有帮助，而且内容读起来也饶有趣味：

第一个故事　老鼠助战

话说于阗国都西郊有一座沙包，称鼠壤坟，当地居民传说此处有大如刺猬的老鼠。一次，匈奴大军来犯，在鼠壤坟旁驻扎，于阗兵少马弱，难以抵挡。

国王素知沙漠有神鼠，但并未礼拜过。大敌当前，国王临时抱佛脚，摆设祭品，求救于神鼠。夜里，国王梦见一个大鼠对他说：“敬欲相助，愿早治兵，旦日合战，当必克胜。”

国王醒后大喜，知有神鼠灵佑，便命将士天亮前出征，突袭敌军。匈奴军闻之，立刻准备迎战，不料却发现衣服、马鞍、弓弦、甲链和系带均被老鼠咬断，遂失去战斗力，束手就擒。国王为感激神鼠的救命之恩，下令从此奉鼠为神。

第二个故事　公主“走私”蚕种

古时候，和田一带有个叫瞿萨旦那的国家。国王听说东边的邻国盛产桑蚕，用它做衣服不仅光滑柔软，而且非常好看，于是就派使臣前去请求赐予，不料却遭到东国皇帝的断然拒绝。

瞿萨旦那国王一计不成，又生一计，写了一封谦恭的书信，呈给东国皇帝，请求联姻。出人意料的是，这次东国皇帝很痛快地就答应了。

瞿萨旦那国王兴高采烈，让使臣递话给即将出嫁的东国公主，要她带一些蚕种过来，以备日后做衣服用。公主一听，暗自高兴，于是就收集了一些蚕种，藏在帽子里。过关时，无人敢搜查公主的帽子，蚕种就这样传入了瞿萨旦那国，用现在的话说就是“走私”成功。

第三个故事　龙女向人间求婚

相传于阗王城东南100多里的地方有一条河流，河水常年奔流不息，成为当地人灌溉农田的主要用水。有一天，下游的河水突然断流了，国王和臣民都非常着急。

就在这时，河里的龙女凌波传来口信，说：我的丈夫死了，我没有主夫之命可以遵从，所以河水才枯竭了。

你们要是能在国内选择一位贵臣做我的丈夫，河水就会像以往那样常流不断。

于阗国王听后，马上选了一位英俊大臣，让他骑着一匹白马来到水源头，进入河中。过了一会儿，白马浮出了水面，大臣则留在了龙宫。打那以后，河水重新奔流不息。

在丹丹乌里克，斯坦因又发现了大量古梵文和突厥文的文书。这大大增强了他的兴趣，这位雄心勃勃的西域探险家不由发出了“如今的沙漠充满了活力”的感叹。

斯坦因在日记中写道：“在那辽阔无垠的平原里，我仿佛是在注视着地底下一个巨大城市的万家灯火，这难道会是没有生命又没有人类存在的可怕的沙漠吗？我知道，我以后将永远也不能再看到这壮丽迷人的景色了。”

和田玉石

在藏语里，“于阗”的意思是“产玉石的地方”。《千字文》中有句话叫“金生丽水，玉出昆冈”。“丽水”指的是金沙江，“昆冈”指的是昆仑山。也就是说，黄金产自金沙江，玉石产自昆仑山。

和田位于昆仑山脚下，自古为玉石产地，有“玉石之都”的美誉。新疆和田玉和陕西蓝田玉、河南南阳玉、甘肃酒泉玉、辽宁岫岩玉并称为中国五大名玉。

既然到了玉石之都，就要了解一下和田玉到底是怎么回事，于是放下行李后第一站先来到了和田玉石工艺美术公司。

进入展示大厅，一位身着丝绸旗袍的导购小姐向我们款款走来。她向我们介绍说，和田的玉石分为两种：一种是白玉；一种是墨玉。白玉看上去像羊尾巴油一般，因此又叫“羊脂玉”。这种玉大多数为鹅卵形，晶莹润滑，洁白无瑕。说着话，她从展柜里拿出一块羊脂玉，用手一摸，果然手感异常的好。如果把眼睛蒙上，恐怕没人能猜得出这是一块石头。

走在和田市内的街道上，几次被小贩拦住，说他们的玉石是如何的货真价实，买回去很值云云。但大吕说，很多玉石并不是当地产的。目前市场上和田玉品种很多，除了和田地区的玉石叫和田玉外，青海、俄罗斯和韩国的玉石也称和田玉，但价值大不相同，外行人常常容易被误导。

和田有两条河：一条叫玉龙喀什河，一条叫喀拉喀什河，都源自昆仑山，由南向北流入塔克拉玛干沙漠，汇流为和田河。奇怪的是，这两条河产的玉石品种完全不一样，一白一黑：玉龙喀什河产白玉，喀拉喀什河产墨玉。据巫新华博士推断，这可能是由于两条河来自昆仑山不同地段，原生矿床不同造成的。

每到雨季时节，从昆仑山流下的雨水会挟带大量玉石顺流而下，散落在乱石浅滩中。雨季一过，河床上就会挤满采玉人，挖、刨、捞、拣，一片繁忙景象。旅游者中也不乏想碰运气的人。有人专门在河边兜售小耙子，供捞玉之用。只可惜我们没有时间，不然也会凑凑热闹，买个小耙子，下到河床，碰碰运气。

中国人对玉有特殊的感情，认为它是洁白、美好、善良、高雅、华贵的象征，要不历朝历代皇帝为什么都要用它来做大印呢？人们常用“宁为玉碎，不为瓦全”来形容一个人的坚贞气节，认为这是人格精神的最高体现。孔子曾提出玉有“十德”，“君子比德于玉焉，温润而泽，仁也。”

玉的洁白无瑕和高贵气质也给它蒙上了神秘色彩，明朝宋应星在《天工开物》中就提到，玉是有灵性的，故民间有“赤女采玉”之说，就是让少女在月光下赤裸身子到河里摸玉。古人认为，玉石可以隔水吸收月光的精华，当月亮、河水、女人融为一体时会更加洁白纯正。

大凡高贵的东西要想获得都不容易，人的虔诚心理和敬畏心情是与人的期盼值成正比的，我老家东北林区就一直有关于挖人参和采黄金之前要举行某种神秘仪式，祈求神灵保佑的习俗，都是一个道理。

以和田玉为代表的昆仑玉很早就传到了内地。我在甘肃河西走廊听说，玉门关的得名就是因为和田玉要通过这个关口运到内地。我第一次去新疆时，听新疆人称内地为“口内”，感到很奇怪。后来慢慢悟出，新疆人过去前往内地多走河西走廊，玉门关是必经关口，由此有了“口内”和“口外”之分。

专家认为，历史上，玉石的流通要远远早于丝绸的流通，早在丝绸之路产生以前就存在一条“玉石之路”。这条路的起点是新疆和田，向西经过喀什、喀布尔、巴格达，到达地中海；向东经过河西走廊、兰州、西安、洛阳，到达河南安阳。

我有一位驴友，网名叫老探，多年前毅然辞职，卖掉房产，专事户外活动。老探热衷古道探寻，几年前办起了“国际古道网”，现已成为业内“大咖”级人物。他送过我一本他策划的《户外探索》杂志，其中 2014 年第 1 期刊有他撰写的《走过 6000 年的玉石之路》。老探为撰写此文，多次到安阳等地进行考察，还专门到社科院考古所拜访了巫新华博士。

老探赞同这样一个观点，即丝绸之路的形成和发展只有 2000 多年的历史，而“玉石之路”至今已延续了

6000 多年。中国在经历了旧石器时代、新石器时代之后，并不是进入了严格意义上的铜石并用时代，而是进入了一个玉器时代。

和田玉的“天生丽质”使它理所当然地成了一种高贵的装饰品。安阳殷墟出土的商代妇好墓中，发现有大量玉石器物和饰品，经考证其原料大部分来自西域的和田。位于河北保定的西汉中山靖王刘胜夫妇墓，曾出土过一件“金缕玉衣”，上面缀有 2000 多片和田玉。

曾几何时，昆仑山玉石也成了权势人物的建筑材料。当年“西北王”马步芳为炫耀其地位，动用士兵上昆仑山采玉，为自己建造了一座玉石官邸，人称“马步芳公馆”，至今还完好无损地保留在西宁的街巷里。我曾两次进入这座公馆，每次都忍不住用手摸一摸那光滑冰冷的玉石墙面，体验一下这种原始但又高贵的建筑材料的质感。

库尔班大叔的家乡

从玉石工艺美术公司出来，步行半小时来到位于市中心的民族团结广场。两座高大铜像映入眼帘，不用说，那是库尔班大叔与毛泽东握手的场景。

说起库尔班大叔进京见毛主席的故事，年纪大一点的人都听说过。库尔班的身世有点类似白毛女。我小时候读过有关他的故事的那本小人书，如今来到库尔班大叔的家乡，勾起了沉睡的记忆：

库尔班是和田人，由于不愿受奴役，孤身一人逃到沙漠中放羊。新疆和平解放后，库尔班走出沙漠，回到人间，过上幸福生活，当他听说这一切都是毛主席给的后，他执意要骑毛驴到北京当面向毛主席表示感谢，大家都笑他幼稚，但他信念不改，并一直做各种进京的准备。

后来，这件事传到自治区党委书记王恩茂那里，王恩茂特意批准库尔班随国庆观礼团乘飞机进京。1958 年 6 月，库尔班在北京中南海怀仁堂受到毛主席的接见，梦想变为现实，一时传为佳话。

团结广场的南面有一尊方形石柱，上置一块巨大的和田玉石。石柱一侧用汉文和维语写着“五星出东方利中国”，这就是在尼雅遗址出土的那幅织锦上面的神秘文字。设计者独具匠心，把这八个字放在这样一个醒目位置，既起到了宣传当地历史文化的作用，也有吉利的蕴义。

与北疆不同，南疆是维吾尔族人聚居区。在和田，几乎见不到汉人，光靠汉语寸步难行。我们一路上经常遇到各种检查，有些地方还要下车登记，并被要求打开车子后备厢。在民丰，晚上到一家农业银行的ATM机上取款，结果出来一个纸条，交易失败。显然，银行是出于风险考虑，一到晚上就不往机器里放钱了。在民丰、于田、和田大街上不时能看到全副武装的警察和巡逻车，布告栏贴着通缉令，被通缉者几乎都是闹事的青年人。

不过，大吕告诉我们，多数老百姓都是很淳朴、很和善的，很多人没上过几天学，没见过外面的世界，每天安分守己地做自己的事情，就像路上遇到的那位卖石榴的老汉那样。闹事的是极少数人，而且这些行为都是有组织、有针对性的，背后有人在策划、指使、利用，为他们提供各种条件。他们一般不会袭击普通游人，但作为我们外地来的游客，人生地不熟，也要小心为好。

我在来之前，就有人好心告诫说，去南疆要小心，那里秩序不好。这种担心可以理解，但如果旅行只去安安稳稳的地方，那就失去了乐趣，没什么意思了。王安石老先生不是早就说过“世之奇伟、瑰怪，非常之观，常在于险远”吗？有一次，在甘南，一位驴友问我，你喜欢去哪里旅游？我给了他一个直观回答：“去旅行社不组团的地方。”

南疆游人稀少的原因显然和旅行社不去有关。我经常在网上搜寻旅行社的出团信息，发现北疆的线路很多，但南疆的少得可怜，只有喀什、库车、博斯腾湖等少数几条线路，塔克拉玛干以南和塔什库尔干没有一家旅行社组团。在南疆行走，一路上遇到的驴友几乎都是自助型的。旅行社不愿来这里，安全因素是一方面，旅途艰苦也是重要原因，如行驶时间长、食宿条件差、缺乏购物休闲环境等。但唯有这样，才能避开人头攒动、避开垃圾遍地、避开商贩叫卖，走进幽静的峡谷、无人的洞窟，体验真实的民族风情，尝到地道的风味美食……

就我户外行走的经验来说，去险远的地方，最重要的是勇气，不怕吃苦，但也不能做冒险的事，或者超出自身能力的事。有人热衷爬野山，追求刺激，盲目出行，拿生命做赌注，不出意外才怪呢！

叶城，新藏公路的起点

早上起来，天气灰蒙蒙的，空气中有一股淡淡的烧秸秆味道，让人找到了在乡下居住的感觉。

在慕士塔格大酒店吃过早餐，沿 315 国道向西北方向行进。路上车流稀少，路况很好，一路上依然是雪山和沙漠相伴。下午 1 点到达叶城，这意味着我们已经进入喀什的管界。

叶城县城不大，但名气不小。喜欢西部行走的人都知道 219 国道，又叫新藏公路，起点就在叶城，终点在西藏拉孜，与北纬 30 度线上的 318 国道相接，全长 2300 公里，中间要穿越昆仑山、喀喇昆仑山、冈底斯山、喜马拉雅山，全线经过的大部分地段为“无人区”，平均海拔 4500 米以上。我认识的驴友中，很多人在走完了青藏线（109 国道）、川藏线（318 国道）和滇藏线（214 国道）后，都要挑战这条最难走的线路。大吕去年就曾带人走过这条线路。据他讲，进入阿里地区后，队员中有人出现了严重的高原反应，搞得他们进退不得。

县城中心位置，矗立着一个新藏线零公里标志，其形状极像一个门框。上面是一个大大的圆圈，表示起点的意思。两边各有一座佛塔，表示西藏的意思。两个门柱，一个写着：“天路零公里”，一个写着：“昆仑第一城”。

看着通向远方的公路，大吕笑着问我们：“咱们往哪边走啊？要往这边走我就把你们拉到西藏去了！”

对登山爱好者来说，叶城也是攀登乔戈里峰的基地。“乔戈里”，在塔吉克语里的意思是“高大雄伟”。乔戈里峰海拔 8611 米，是喀喇昆仑山脉的主峰，也是世界第二高峰，国外称 K2。登山者一般选择在 5 月底 6 月初进山，那时河水虽涨，但不太严重；7 ~ 9 月份，山顶气温稍高，好天气持续时间较长，是登顶的好时间。

登山者一般先从叶城开车沿 219 国道到麻扎，再沿

新藏公路（219 国道）起点

简易公路行驶25公里到达麻扎达拉，由此开始步行6天，行程 90 公里，到达海拔 3924 米的音红滩大本营，一边休整，一边等待合适的天气登顶。每到春夏之际在叶城可以看到很多外国登山者，那时候叶城的旅馆和饭店都非常难订。

告别零公里标志，走进一家名为“库尔干手抓饭”的小餐馆，体验一下当地的饮食特色。

餐馆里座无虚席，但气氛很好，听不到喧哗声，闻不到烟酒混合味道，桌椅和地面非常干净。餐馆的装饰也很简单，木桌木凳，门口一个小柜台的架子上摆放着斯里兰卡红茶、伊朗咖啡、波斯银器，很有些异国情调。负责接待的伙计汉语虽然说得不是很利落，但人很机灵，跑前跑后，忙个不停，临别还会用英语说“拜拜”。

手抓饭是用羊油炒的，里面除了白米，还有红黄两色胡萝卜、鹰嘴豆，上面放两块羊排，每份 25 元，外加一份由牛肉、白菜、番茄和洋葱做成的拌菜，吃起来很可口。唯一感到不适的是，米饭吃起来有点硬。大吕说，地道的手抓饭就应当是这样，一粒是一粒，如果做软了就不成功，当地人对此已经习惯了。过去当地人吃手抓饭时，往往是全家人围坐在一个大盆旁，用手抓着吃，现在一般都改为每人一个盘子，用勺挑着吃，只有在农村地区有些老年人还习惯原来的吃法。

当地人在吃完手抓饭后，习惯喝一碗酸奶。学着他们的样子，我也要上一碗，一尝，味道比平时喝的酸奶要酸很多，必须要加糖才行。看着桌旁一个老汉在大口大口地吸溜酸奶，心生羡慕，可对我们这些内地来的汉族人来说，实在学不来。

叶尔羌河畔

叶城因叶尔羌河而得名。“南出昆仑，北育绿洲”是当地人对叶尔羌河的赞誉。从昆仑山流下来的叶尔羌河养育了泽普这块荒漠中的绿洲，也给人们带来了赏心悦目的美景。

离开叶城县城，前往金胡杨国家森林公园。路边，钻天杨如夹道卫士，又如迎宾队伍，迅疾闪过。除钻天杨外，不时可以看到树叶金黄的梧桐。小徐说，这是法国梧桐，这一带多有栽种，是从中亚引进的品种。透过梧桐树稀疏的枝叶，可以看到后面大片的棉花地。这些棉花主要由生产建设兵团种植，是当地的主要农作物。

金胡杨公园位于叶尔羌河冲积扇上，集胡杨、水洼、绿洲和戈壁为一体，被誉为塞外水乡。园内游人稀少，道路宽敞，叶尔羌河的一个支流从园内缓缓流过。路边停放着几辆电瓶车，无人排队。坐了大半天的车，我们也想放松一下，不光是放松腿脚，也放松一下心情，于是大家一致决定：开始徒步。

在叶尔羌河水的滋润下，金胡杨公园多水、多草、多树。一汪汪清澈的湖水旁，白色的芦苇随风摇曳。夏季，这里是水鸟的世界，纵横交错的沟塘湖泊为各种水鸟和动物提供了理想的栖息之地。这里的水鸟种类繁多，包括野鸭、黄鸥、白鹭、翠鸟、斑鸠等，还有野兔、狐狸、刺猬等动物。深秋季节，园内已见不到水鸟，但戈壁滩上一棵棵金色的胡杨、一丛丛的沙棘红柳，在远处白雪皑皑的昆仑山映衬下，呈现出一片塞外风光景色。置身其中，感觉像是回到了大自然的怀抱，在赏心悦目的同时，脚步也轻快了许多。

公园管理井然有序，从门票、出入口、简介和路标等细节方面就可以看出，令人没想到的是还有自己的园歌。看介绍，去年这里举办了金胡杨国际旅游节，引来众多名人包括歌星光顾。不过，与其他景点相比，这个公园位置略显偏远，所以外界少有人知，车辆、游人稀少。

依我的喜好，西部一些郊野公园更有吸引力。这些公园特色明显，给人大气磅礴之感，而且清新安静，空旷少人，管理有序，门票价格也不高。其中给我留下深刻印象的有甘肃的张掖丹霞地质公园、青海黄南的坎布拉森林公园、宁夏固原的六盘山森林公园等。很多人喜欢往那些名气大的公园扎堆，结果是想看的没看到，不想看到的人头和垃圾倒看了不少，要是再遇上个拥堵事件更扫兴。

喀什的色彩

东方开罗

暮色降临，前方灯火闪亮，喀什市区在向我们微笑。

我有个习惯，到一个地方，一定要追究一下地名的来历。网查得知，喀什是维语“喀什噶尔”音译的简称，意思是“玉石般的地方”。喀什的地位、喀什的色彩，尽在它的名字中。

谈到喀什，有这样一段轶事：

1972 年，日本学者池田大作与英国历史学家汤因比进行过一场“世纪性对话”，池田大作问汤因比：“如果可以重新选择，你愿意出生在地球上哪个地方？”汤因比微笑着回答：“我希望生在公元 1 世纪，佛教已经传入到中国时的新疆。”

汤因比所说的新疆，指的是以喀什为代表的西域地区，因为佛教自印度传入中国后，最先到达的是喀什一带。汤因比被誉为“20 世纪伟大的历史学家”，作为一个从未来过新疆的欧洲人，能够说出这样的话，显然是经过深思熟虑的。

20 世纪 80 年代，《展望 21 世纪——汤因比与池田大作对话录》中译本在大陆出版，畅销一时。我当时正在人大上学，在追逐新思潮的影响下，去图书馆借阅过这本书。两位大师思想的深刻性给我留下深刻影响。在做行前攻略时，我得知汤因比教授曾有过这样一个梦想，欣喜不已，到南疆一游的兴趣陡然增加。

看地图，喀什位于亚洲腹地，称得上是世界上“离海洋最远的城市”。喀什在历史上曾经是世界四大文明的交汇地，丝绸之路中线和南线的交汇点，由此向西是塔吉克斯坦，西南是阿富汗和巴基斯坦。周边邻近国家还有吉尔吉斯斯坦、乌兹别克斯坦、俄罗斯和印度等。

在海上交通没有兴起，空中交通更无从谈起的时候，喀什这种独特的地理位置使它成为中国与中亚、西亚、南亚、欧洲联系的主要枢纽，东西方货物的中转站。南来北往的客商汇集于此，可谓“商贾如鲫，百货交汇”之地。用现在的话说，喀什曾经是中国“对外开放的窗口”，类似现在的上海和深圳，而后二者在当时还是海边的荒凉小渔村。

喀什三面环山，一面敞开，北有天山山脉，西有帕米尔高原，南有喀喇昆仑山，东部为一望无垠的塔克拉玛干沙漠。由高山冰雪融水汇聚而成的叶尔羌河、喀什噶尔河形成了一片冲积平原，滋养着两岸的万顷良田。史学家倾向认为，西域最早的农耕文明就发源于喀什绿洲。我感觉，在我们走过的环塔里木盆地绿洲中，喀什绿洲最有代表性，也最值得品味。

在欧美人眼里，喀什是“东方的开罗”。作家张承志在《正午的喀什》一文中这样写道：“在整个中亚或者更远的外界，人们可能没有听说过乌鲁木齐。但是，一提起喀什噶尔，谁都会赞叹之神形诸于色。”由于地理位置的原因，喀什是印度佛教进入西域的第一站，并由此经塔里木盆地南北两缘传入中原，张骞、玄奘、马可·波罗都在喀什留下过足迹。

岁月抹不去时代的印痕。时至今日，喀什仍是新疆历史文化保留最完整的城市。我在下榻的宾馆看到一幅标语：“不到喀什游，不算到新疆”，可见喀什之魅力。走在喀什的街道上，不时能够看到来自欧美国家的背包客。他们对有文化底蕴的西部地区的兴趣要远远大于东部繁华地区。显然，这里面除了猎奇因素外，还包含一份历史情感因素。

进入郊区，沙漠戈壁消失，地势平坦，映入眼帘的是农田、果园、树木和草地。接近市区，道路两旁依然是一排排法国梧桐，间有一些枝叶低垂的“埋头柳”。一路上看惯了戈壁沙漠，一看到满眼的绿色，即刻给人一种振奋的感觉。

喀什市区给人的第一印象是气派，道路宽阔，街道整洁，霓虹灯一闪一闪，颇有大城市的感觉。几天来第一次遇到市内堵车现象，不过很多车辆不守规则，穿来穿去，行人也不管红灯绿灯，只顾自己往前走。

在克孜都维路，我们找到一家名叫“御粥糖食坊”的粥铺。一问，老板是湖北人，服务员也都来自内地。在“异域”风情包围的南疆，能找到一个汉语氛围的地界，实在不易。

高台民居，土陶人家

在喀什，一提起高台民居，无人不知，无人不晓。它是喀什最早的维吾尔族人聚集区，至今已有 1000 多年的历史。在喀什的民居建筑中，高台民居最具代表性。

按照当地人的习俗，家族人口每增多一代，只要有条件，便在祖辈的房顶上加盖一层楼。这样，在高台民居内部，就形成了层层叠叠、房连房、楼连楼的现象。民居里小巷纵横交错、曲曲弯弯、忽上忽下，要是没有本地人带路，外来人走进去百分之百会迷路。

高台民居建在一处高崖上，高崖的土层中有一种叫“色格孜”的泥土。这种泥土质地细腻，黏性强牢，是制作土陶器的绝好材料。高台民居内的居民又称“土陶人家”。走进高台民居，可以看到大大小小的土陶作坊，很多人还在靠祖传的制陶手艺吃饭，民居内日常用的陶盆、陶碗、陶桶、陶缸都出自这些陶艺人之手。

土陶制作精细，造型独特，图案粗犷，色彩古朴。如今这种制陶工艺正面临失传危险。《新丝绸之路》节目组曾采访过一位维吾尔族妇女，她和丈夫一辈子靠制陶为生。丈夫刚刚去世，她的几个孩子都不愿意从事这个行业。说到这儿，她不由自主地抽泣起来。

近年来政府为老城区的居民盖了新房，高台民居居住的土陶人家已寥寥无几，但老房子的建筑格局依然没变。几年前，我在吐鲁番参观过一个维吾尔族村落，那处民居显然是后建的，主要供游览参观之用。今天看到喀什的古民居，觉得这才是地地道道的维吾尔族人生活方式，也是活生生的维吾尔族人的历史。

夜晚的高台民居是喀什的一景。用黄土垒成的房屋建筑群高低起伏，在夜灯的照射下显出昏黄的轮廓，犹如一座中世纪的城堡。由于居住的人少，民居看上去有些冷清，偶尔有行人路过，但看不到有人停留。如果不经人指点，很难说出这就是一个城市里的小区。

夜晚的高台民居

仅隔一条马路是另外一个世界，这里是喀什有名的东湖。湖边有木栈道相连，偶有几处凉亭，几对年轻情侣在里面卿卿我我。附近则是鳞次栉比的高楼大厦，一个巨大的摩天轮在不停转动。不断变换颜色的彩灯映照在湖面上，五光十色，一派现代化气息。我面对湖面拍了几张夜景，引来两个学生模样的小朋友过来观看。他们看后啧啧称奇，想不到自己的家乡在镜头里有这么美。

以我的感觉，喀什的夜景比乌鲁木齐要漂亮，城市味道更浓。

香消玉殒的妃子

当地人的生活节奏真叫人羡慕。当我们来到位于喀什市区东郊 5 公里浩罕村的香妃墓时，已经上午 10 点，大门还在紧闭。没办法，只好先在外面转悠转悠。又过了半个小时，才见到售票口有了人影。

香妃的身世，我以前了解不多。如果说知道一点的话，那就是忙里偷闲看过几眼《还珠格格》，知道皇宫里有这么一位妃子。但对她的归宿地远在 4000 多公里外的喀什，却一直不甚了了。

香妃本是喀什人，原名买木热 · 艾孜姆，因自幼身体散发一种沙枣花香，被称为“伊帕尔罕”，意为香姑娘。由于天生丽质，香姑娘后被选入宫中，成为乾隆皇帝的妃子，赐号“香妃”，只可惜后来“香消玉殒”，被运回家乡安葬。通常说的香妃墓，正式名称是阿帕克霍加麻扎，是伊斯兰教圣裔的陵墓，葬有同一家族的五代 72 人。

走近主墓室，左手可见一乘驼轿，据说是当年从北京带过来的。不过据专家考证，香妃真正的墓地在河北遵化清东陵。究竟如何，对于普通旅游者来说，没有必要深究。历史上的很多事情都说不清楚，更何况一个妃子的归宿地。如今很多历史古迹都已物是人非，甚至挪了地方，只具有象征意义。为争夺一个历史名人的出生地而打口水仗的现象更是屡见不鲜。

香妃墓的出名，除了她的身世以外，更重要的是陵

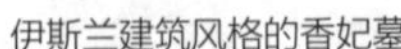
伊斯兰建筑风格的香妃墓

墓建筑所体现出来的艺术价值。

陵墓的主体为长方形，四角各立一座半嵌在墙内的砖砌圆柱。墓顶呈圆形，高擎一弯新月。主墓室外墙和层顶用绿色琉璃砖贴面。走近跟前，用手摸摸，感觉滑滑的。据说这种瓷砖制作工艺目前已经失传，所以更显珍贵。在喀什的伊斯兰古建筑中，香妃墓是代表作，来喀什旅游的人必定要来此参观。任何一个人，不管是谁，只要到了这座建筑物前，都不能不为它的艺术魅力所惊叹。

园区内遇到一对老年夫妇，面目慈善，和蔼可亲。交谈中得知，他们也来自北京，这次走的是塔里木盆地大环线：库尔勒—若羌—民丰—喀什—库车—库尔勒，行程 20 天。不用说，他们已经摆脱了时间约束，只要有心情、有体力、有财力就可以自由行走，过地地道道的慢生活。

几年前，女作家毕淑敏用稿费换了两张船票，锁上书房，在儿子的陪伴下，登上邮轮，用 114 天的时间周游了十几个国家。回来后母子合作写了一本现代版的“航海日记”，成为旅行畅销书。毕淑敏由此也获得了“中国航海环球旅行第一人”的称号。

我虽然经常旅行，但还没有乘坐邮轮出行的经历。在当下，能够乘邮轮旅行还是比较“贵族”的一件事，对没有旅行经历的人来说，更有“跨越式”的味道。由此说来，作家毕淑敏也是一位有“前卫”意识的旅行家。

艾提尕尔，大毛拉

每天清晨，喀什市区的上空都会传来一个神圣的声音：“安塞拉甫——哈依鲁木比乃——那吾来——”。在这一声声的召唤中，喀什苏醒了，喀什百姓开始了新的一天。

唤醒这座城市的是一位略显瘦弱的老人，他就是艾提尕尔清真寺的大毛拉——居玛·塔伊尔。此刻，他正站在艾提尕尔清真寺的宣礼塔上，召唤穆斯林走进教堂，开始做礼拜。

艾提尕尔清真寺，喀什百姓称其为大寺，维语意思是“节日礼拜与集会场所”。大寺为伊斯兰建筑风格，坐西朝东，寺门楼由黄砖砌成方形，两侧矗立着米黄色的砖砌塔楼，塔身用雕镂瓷砖砌出色彩绚丽的图案。

眼前的大寺是新疆也是中国规模最大的清真寺，中亚最有影响力的三大清真寺之一，人称“东方小麦加”。每到星期五主麻日，来这里做礼拜的有数千人。要是赶上古尔邦节（又叫开斋节），全疆各地来的穆斯林络绎不绝。一些来自巴基斯坦、阿富汗和阿拉伯国家的穆斯林到了喀什，也要来这里参观和礼拜。我们到达的那天是星期六，主麻日的第二天，大门前和广场上人迹稀少，只能靠想象来回味前一天的热闹场面。

看到这里，想起几年前在开罗参观过的一家清真寺。我们进大门前被要求脱掉鞋子，女士还要换上一件绿色的长袍，把头部包起来。寺内庄严肃穆，大家屏息敛气，蹑手蹑脚，在地毯上轻轻走过，然后坐在几排高大的廊

正午时分的艾提尕尔清真寺

柱中间，听导游有条不紊地讲解伊斯兰教的历史、教义和习俗。

这次来到新疆规模最大的艾提尕尔清真寺，本想也进去感受和比较一下，但这一天不知为什么不能参观。

老街，流年碎影

俗话说，北疆看风景，南疆看风情。喀什是维吾尔族文化的发祥地，民族风情保留得最完整。不说别的，走在喀什的街头上，几乎见不到汉族人，这让我们几个外来人颇有几分“形影相吊”之感。

要想了解历史上的喀什，了解地道的维吾尔族风情，一定要去逛逛喀什的手工艺品一条街。喀什人有句话：“不到手工艺品一条街，就不算到喀什。”

手工艺品一条街的原始名称是吾斯塘博依，在维语里是“水渠边”的意思。由此推测，这条街最初是靠水而建的。不过这个名字现在已不大为人所知。从艾提尕尔清真寺出来，往右一拐就到了这条有 1000 米长的曲尺形老街。老街两侧的房子看上去都很古老，保留了伊斯兰建筑风格的原貌，也有几户人家在翻盖房子，但走过去瞧瞧，依然是修旧如旧。

东瞧西看中，发现一块牌子，上面写着：吾斯塘博依——千年古街。显然，手工艺品一条街这个名字是适应旅游的需要而出现的，但这样一来就失去了这条老街所蕴含的历史和文化韵味，给人一种包装后的商业化之感。相比之下，我更喜欢原汁原味的东西。

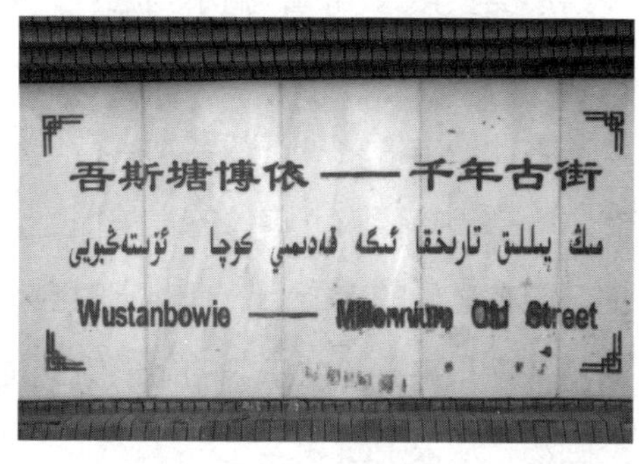

老喀什居民喜欢称这条街道为匠人街，顾名思义，它是一个工匠集中的地方。诗人玉素甫在《福乐智慧》中告诫人们，要盛情款待手艺人，因为“世界的装饰靠他们，人间的奇迹由他们创造。”诗人为什么要这样说？答案只能到匠人街寻找。

走进老街，大大小小的手工作坊和铺面让人目不暇接，诸如陶器、木雕、刀子、鞋帽、织品、服装、乐器等老物件在这里都能找到，而且件件精美异常。工匠们的娴熟技艺令人赞叹不已。你可以现场观赏这些物件的制作过程，也可以请工匠按照你的喜好现场制作一个小物件。

有些小物件做得不仅精致而且很有趣味。在一个卖木制品的摊位前，大吕拿起一个类似烟袋杆的木制小物件，问我这是做什么的。疑惑中我本能地回答：“看不出，应该就是个烟袋杆吧”。大吕听后哈哈大笑，说:“这是给小男孩接尿用的，猜不到吧？”是的，无论如何也猜不到。

喀什是歌舞之乡，著名女高音迪里拜尔和流行歌手艾尔肯都是喀什人，喀什的麦盖提是刀郎木卡姆的发祥地。走在喀什的老街上，耳畔不时会传来西域风格的乐曲。几千年来，龟兹乐舞的余韵就这样在塔里木盆地上空回荡，从未中断。

一家乐器店里，一位老人正在全神贯注地弹奏热瓦普，动作不紧不慢，音乐的节奏也不紧不慢，似乎是故意留出时间让你慢慢欣赏。老人眯缝着眼睛，完全沉浸在跳跃的音符中。环顾四周，墙上挂满了各种传统民族乐器：热瓦普、都塔尔、萨巴依、纳合拉、艾捷克……如果你想要了解这些乐器是怎么制造的，也尽可以来老街瞧瞧。

老街上的人走路是慢悠悠的那种，内地和沿海城市里常见的急匆匆的脚步在这里是看不见的。就连小贩的吆喝声音也是有节奏的。买不买都没关系，他们绝不会缠住你不放或对你横眉立目。

喀什老茶馆的悠闲时光

街道拐角处的一座茶楼上，几位头戴花帽的老人在喝茶聊天，说话轻声细语，动作不紧不慢。陪伴他们的是一把铜壶，几个茶碗。喀什人的岁月就这样随着壶水流淌，变的是茶客，不变的是传统。

时钟在这里变得慢了起来，好像回到了中世纪，好不令人羡慕。路上遇到一位网名叫“独舞”的驴友，她后来给我发来微信，说她到喀什后就不想走了，在那里享受了一个月的慢生活。

“投笔从戎”的班超

西域三十六国时期，喀什为疏勒国国都，国王的行宫设在盘橐城。如今宫城的遗址仍在，但当年留存的东西寥寥无几，只有一段破败的城墙，在诉说着这座都城昔日的繁华。

一座倾颓的宫城遗址，为什么会引起今天的人们这么大的兴趣？答案是，这里曾居住过一位大人物，他就是东汉名将班超。

班超最早的职业是在官府抄写文书，相当于现在的公务员。据《东观汉记》记载，一天，班超在办公室坐得腻烦了，遂掷笔于桌，大声感叹：“大丈夫当效傅介子、张骞立功异域，以取封侯，安能久事笔砚乎！”人笑其狂，班超正色道：“小子安知壮士之志哉！”由此，汉语成语中多了一个“投笔从戎”的典故。

脱下长衫，换上戎装不久，班超即奉命出使西域。他智勇双全，击败匈奴势力，收复平定鄯善、于阗、疏勒和龟兹。其“不入虎穴，焉得虎子”的胆识威震西域，令西域小国的诸侯们闻风丧胆。

千百年来，班超拿获疏勒王的故事一直为人津津乐道：

龟兹国王倚仗匈奴的势力肆行无忌，派兵攻打疏勒，杀死国王，另立龟兹人兜题为疏勒王。疏勒国的权力实际上掌握在龟兹人手中。

班超率手下 36 名文武随从赶往疏勒，行至兜题居住的盘橐城下，他派手下人田虑前去招降。田虑单枪匹马闯入城内。兜题见田虑势单力孤，丝毫没有屈服的意思。田虑以英雄虎胆之势，三下五除二，将其捆绑起来。

班超入城，将疏勒国文武官员集中起来，向他们陈说龟兹的种种罪行，宣布另立原来被杀掉的疏勒国君的侄子当国王。文武百官和民众闻听后欢呼雀跃，有人提出杀死兜题，但班超从大局出发，释放了兜题，从而稳定了民心，疏勒得以平定。

班超在疏勒期间，朝廷曾一度为形势所迫，打算放弃西域。班超奉命班师回朝，行至于阗，遇官员和百姓相阻，有人抱住马腿不放，有人欲拔剑自刎。班超大受感动，于是毅然调转马头，返回疏勒，独撑危局，重震汉威。

公元 91 年，朝廷封班超为西域都护，后封为定远侯。直到 71 岁高龄，班超才回到老家洛阳。其时，他已经是鬓发斑白、步履蹒跚。一个月后，这位威震西域、戎马一生的名将在家乡悄然离世。

班超纪念公园内，一条长长的神道通向高大的雕像，神道左右分列班超当年手下的 36 名文官武将。引人注目的是，雕像后面有一座弧形墙壁，上面雕刻着班超少而好学、侍奉慈母、投笔从戎、出师西域、传播农耕等故事。从中不难看出，中国传统文化的精髓在班超身上得到了集中体现。

班超经营西域期间，有一个对后世影响深远的举措，就是为进一步凿空丝绸之路西段，重震汉威，于公元 97 年派遣部下甘英出使大秦（也就是今天的罗马）。

史料记载，甘英一行翻越葱岭，历尽艰辛到达了“西海”，也就是波斯湾（也有人认为是地中海）。休整数日后，甘英欲继续西行，渡过西海前往罗马。安息人为了控制丝绸之路的中转贸易，极力阻挠，吓唬甘英说：西海风急浪大，漫无边际，去者无一生还。面对烟波浩渺的大海，雄心勃勃的甘英退却了，数月后打道回国。

时至今日，仍有很多人为甘英的一念之差感到惋惜。《丝路烟雨》一书的作者认为，如果甘英能够继续西进，渡过西海到达罗马城，那世界文明史很有可能就是另外一个写法了。

名人辈出之地

在漫漫的历史长河中，维吾尔族人创造了灿烂的文化。作为一度强盛的喀喇汗王朝的首府，喀什文化底蕴深厚，是诞生维吾尔族文化伟人的地方。

在喀什市体育路45号，有一座玉素甫·哈斯·哈吉甫陵墓。玉素甫是11世纪的维吾尔族诗人、学者和思想家，青年时代曾在喀喇汗皇家学府求学，后用古回鹘文写成一部长达13000余行的叙事长诗——《福乐智慧》（直译应为“带来幸福的知识”）。这部长诗内容丰富，涉及政治、历史、地理、数学和医学等多方面学科，充满伦理道德智慧，语言生动，写法灵活，对后世的文学创作产生巨大影响。

有人将《福乐智慧》比喻为汉语的《论语》。小徐说，她几年前买了一本，没事就翻一翻，可以了解里面的内容，长长知识，受受教育，也好给旅游者介绍。

同香妃墓类似，玉素甫陵园也是一组漂亮的伊斯兰风格建筑群，目前已成为喀什的一处著名旅游景点。《福乐智慧》这本书我以前听说过，没有看过。但对这样的文化伟人，我一直抱敬仰之情。他们的思想，他们的学识，他们的文字，对后世的影响怎么评价都不为过。

维吾尔文学中还有一部重要文献，那就是《突厥语大辞典》，作者是喀喇汗王朝时期的语言学家麻赫穆德·喀什噶里。该书记载了 11 世纪时，包括维吾尔族在内的突厥语诸民族的语言、文字、人物、历史、民俗、天文、地理、农业、手工业、医学等各方面的知识，以及神话传说、儿童游戏和娱乐体育等，是一部关于中亚和西域历史文化的百科全书。

有人认为，《突厥语大辞典》相当于汉语的《说文解字》。可想而知，如果没有这本工具书，今天的人们在研究维吾尔族的历史和文化时，不知道会有多困难。

离喀什市区不远的莎车县有一座规制宏伟的阿曼尼莎汗陵。阿曼尼莎汗是 15 世纪杰出的维吾尔族女诗人，“十二木卡姆”的搜集、整理者。阿曼尼莎汗生于一个普通的樵夫家庭，自幼聪慧，13 岁便会吟诗奏曲，对民间音乐木卡姆尤其热衷。传说，叶尔羌汗国第二代君王拉失德汗在一次打猎途中，邂逅了这位才华出众的美丽女子，只是电光石火的一眼，便魂不守舍，遂纳入宫中，日夜厮守，形影不离。

虽有百般宠幸，但阿曼尼莎汗仍丢不下她心爱的音乐。她依靠拉失德汗的支持，终日练习，潜心研究，拜访民间艺人、诗人、歌手，最终整理创编出集维吾尔古典音乐之大成的十二木卡姆，使这部散落在民间的音乐成为科学、系统、严谨的曲目，流传至今。

十二木卡姆是一组大型套曲，糅合了维吾尔族民间音乐、诗歌、舞蹈、戏剧等元素，全部演奏完需要 20 多个小时。新疆朋友曾送我一套十二木卡姆 CD 光盘，我没有从头到尾听完。对生活节奏紧张的我们来说，全部欣赏确实有难度。不过，有时间听听新疆流行音乐，也可以从中感受到十二木卡姆的魅力，比如刀郎的那首《艾里甫和赛乃姆》：“从小和你青梅竹马，相约在天山下。我们本来是天底下最幸福的人啊，赛乃姆。你是花丛中最美的石榴花，艾里甫。我却是博格达上孤独的阿卡……”

红颜薄命，阿曼尼莎汗 34 岁时因难产去世。拉失德汗悲痛欲绝，三年后也随她而去。按照拉失德汗的遗愿，人们将他埋葬在阿曼尼莎汗墓的旁边。这段王子和灰姑娘的爱情故事也随十二木卡姆的流传而为后人传诵至今。

俄英领事馆，那些旧日时光

历史上，喀什是中原通往中亚的必经要道，中国西部对外开放的门户，因而一直为西方国家所觊觎。

从 19 世纪下半叶开始，沙俄和英国就通过武力入侵、贸易通商、探险考察等手段，以喀什为桥头堡渗入新疆。1865 年，在英国人的幕后策划和支持下，中亚浩罕国（今乌兹别克斯坦境内）的阿古柏率兵侵入喀什等地，在南疆建立起伪政权，进而占据南北疆广大领土，后被主张“塞防论”的清军将领、陕甘总督左宗棠率部击溃。

沙俄和英国在新疆活动的主要舞台是领事馆。对他们来说，领事馆是办理外交和从事商贸活动的场所，也是交换情报的场所。100 多年过去，当年沙俄和英国在喀什的领事馆建筑还依然保留在原址，为我们寻找往事踪影提供了一个去处。不过我发觉，除了老外，对这两处遗址感兴趣的人并不多，旅行社一般不介绍，就连很多当地人都不清楚在什么地方。

相比之下，沙俄进入新疆较早。早在 19 世纪中后期，沙俄就倚仗其地缘优势，通过各种渠道渗入中国西部。他们清楚，只有打通中亚和新疆这个渠道，才能控制南亚次大陆，进而南下印度洋。这期间，俄国探险家普尔热瓦尔斯基曾几次“囊中揣钱，手中持枪”，深入新疆、青海和西藏进行探险考察活动，并发现了后来以他的名字命名的“普氏野马”。沙俄军队还一度趁乱侵占了伊犁河流域的大片领土。

1881年，沙俄根据《中俄伊犁条约》，捷足先登，在喀什建立了领事馆，1893年移到现址。当时沙俄的这个驻外机构里有60名哥萨克骑兵。据喀什居民回忆，这些哥萨克耀武扬威，神气十足，每天早晚两次列队穿越市区的大广场到城东河边操练，向围观的人群表演刀术、马术、射击术。领事馆的主人叫彼得罗夫斯基，喀什居民称其为“新察合台汗（即新的喀什噶尔之王）”。斯文·赫定在其回忆录中称彼得罗夫斯基是“喀什噶尔最有势力的人”。

十月革命后，沙俄驻喀什领事馆改为苏联驻喀什领事馆，1956年以后改造为喀什色满宾馆。领事馆建筑现为色满宾馆的一部分，保存完好。穿过后花园，一栋俄式建筑映入眼帘：三角形尖顶，铁皮盖，墙面用灰黄两色方砖砌成，硕大的双层玻璃窗户，上面用立砖砌成圆弧形，给人一种艺术感。在充满伊斯兰风格建筑的喀什，这样的建筑物仅此一家。就国内来说，俄罗斯风格的建筑物目前也不多见。要说有，恐怕只有到我老家黑龙江才能找到。

老板娘见到我们，以为我们是前来住宿或用餐的，热情有加。当听说我们是要参观领事馆旧址时，也不反对，任我们进到房间里面参观拍照。

领事馆房间宽大气派，五合板地面，墙面有壁炉，墙角有通风洞，地道的俄罗斯风格建筑。最引人注目的是，餐厅里挂着一幅油画，足有十几米长，占了一整面墙，除了边角有些破损外，画面基本没有损坏。老板娘说，这是100多年前老毛子留下的，一直没有动过。油画色彩浓厚，似乎反映的是某个宗教故事。我去过四次俄罗斯，知道俄罗斯人有崇尚艺术的传统，没想到在喀什也开了一次眼。

继沙俄而来的是有“日不落”之称的大英帝国。19世纪下半叶，英国利用其殖民地印度这条通道，通过商业往来、探险考察等渠道进入新疆。1890年，英国继沙俄之后，也在喀什建立了自己的领事馆，位置就在今天的其尼瓦克宾馆。对那些欲从中亚进入中国内地的欧洲人来说，喀什是一个重要的中转站，而英国领事馆则是他们休整和交换信息的重要基地。英籍探险家斯坦因和瑞典探险家斯文·赫定到西域探险时曾数次在这里停留。

二战结束后，英国人撤出喀什，领事馆改为“印巴领事馆”，解放后改为涉外的其尼瓦克宾馆，开往巴基斯坦的大客车都从这里出发。我在北京机场书店买到一本《丝绸之路》，作者是美国汉学家和旅行家比尔·波特（Bill Porter）。书中讲道，他1992年欲从喀什前往伊斯兰堡，由于喀喇昆仑公路出现泥石流，被迫与数百名巴基斯坦人困在其尼瓦克宾馆，达数日之久。

其尼瓦克是英文和维文的合成词，意思是“中国花园”，可见当年气势之大。据第一任领事乔治·马嘎特尼（中国名字叫“马继业”）的夫人回忆，花园分高低两处，中间有石阶相连，高处花园里种着果树和蔬菜，低处的花园里长满了柳树、榆树、杨树和沙枣树，郁郁葱葱，浓荫蔽日。葡萄枝蔓爬满了木架，一串串葡萄压得枝头下坠。她和丈夫当年经常在花园里散步、喝咖啡、看报、聊天，借此打发时光。回到英国后，他们对这里仍念念不忘。

英国驻喀什领事馆旧址

我们来到其尼瓦克宾馆时，发现这里正在翻修，里面空空荡荡，见不到一个人影。绕过宾馆前楼，后院就是当年的英国领事馆旧址。遗憾的是，花园已见不到，领事馆建筑好多已被拆毁，只留下了一部分主体建筑，现已改为一家烤全羊风味餐厅。

大门口前，矗立着一棵高大的榆树，树龄已有 150 年，但依然枝繁叶茂。房屋前有一排长廊，让人想起当年英国人就是坐在这里喝咖啡、看报、交流信息的。在一间经过改造的房间里，我发现墙角有一个黑色的壁炉烟囱，这可能是当年留下的为数不多的遗存。

想和老板聊聊这栋老建筑的历史，发现老板不是很了解，可能也不感兴趣。民以食为天，想来这位老板关心的还是他的烤全羊能不能卖出去吧？

踏上天路

顶着星星出发

喀什位于中国公鸡形版图的最西端，也就是鸡尾处。早上 9 点，外面依旧星斗满天。谁能想到，此时此刻，在我的老家黑龙江，太阳起码有两杆子高了。为了能在天黑前翻过帕米尔高原，赶到塔什库尔干县城，我们不得不顶着星星出发。

出发前要做的第一件大事是办边防证。

喀什公安边防支队办证室原在市区内的色满路，刚刚搬家。几经打听，绕了几个弯终于找到了新址，说远不远，就在天山东路的南达乳业附近。负责办证的小战士态度和蔼，效率很高，递上身份证，交 10 块钱押金，一根烟的工夫，全部搞定。

拿到通行证，心里一块石头落了地。在边防支队对面一家伊斯兰风味饭馆吃过早餐，越野车驶上期待已久的喀喇昆仑公路。

喀喇昆仑公路北起喀什，翻越喀喇昆仑山和帕米尔高原，经红其拉甫山口到达巴基斯坦北部城市塔科特，全长 1224 公里，其中中国段占三分之一，实际上是 314 国道的一部分。

喀喇昆仑公路又叫中巴国际公路，前者是国际上的通行叫法，后者是国内的叫法。国内之所以这么叫，显然有最初的政治和外交方面的原因。20 世纪 60 年代，中印两国发生边境武装冲突，巴基斯坦和印度就克什米尔领土问题又一次交火，《人民日报》发表了经周恩来总理修改的社论，旗帜鲜明地支持巴基斯坦。其后，中巴经过商谈，决定修建一条贯通两国的公路。这条公路的战略意义显而易见，对巴基斯坦来说便利了与中国的往来，对中国来说则开辟了一条通往南亚次大陆的通道。

按照正在建设中的中巴经济走廊规划图，喀喇昆仑公路在 2030 年前将延伸铺到巴基斯坦的瓜达尔港，直抵阿拉伯海。与这条公路相伴的还有铁路、油气管道、通信光缆等配套设施。届时，中国到印度洋就有了一条便捷的陆路通道，中东的石油可以通过巴基斯坦直接运到新疆，而不必再走关卡重重、海盗猖獗的马六甲海峡。

据《中国国家地理》披露，这条连接中巴两国的公路最初选择的方案是走翻越明铁盖达坂的瓦罕走廊，因为这一带谷地平坦开阔，可以绕开许多山峰。瓦罕走廊是一条古老的马帮运输路线，据多次前来考察的人民大学教授、历史学家冯其庸考证，玄奘自天竺回国走的就是这条古道。但该方案很快就被否定，因为在当时的边境形势下，修建这样一条公路无疑会暴露在敌人轰炸机的视野下，毫无安全可言。经过反复论证，最后还是选择了有连绵不断的雪峰做掩护的红其拉甫山口，作为这条公路的两国连接点。

这种战略考虑给公路的修建带来难度。公路所经之处地质情况复杂，全线海拔最低点为 600 米，最高点为 5100 米，雪崩、滑坡、落石、塌方、积雪、积冰等地质灾害经常发生。经过十多年奋战，这条凝聚两国军人和民工汗水乃至生命的公路终于在 1979 年正式建成通车。

“那是一条神奇的天路，把人间的温暖送到边疆，从此山不再高路不再漫长，各族儿女欢聚一堂。”韩红版的《天路》唱的是 2006 年通车的青藏铁路。事实上，喀喇昆仑公路也是一条名副其实的“天路”。除此之外，还有川藏公路、新藏公路、青藏公路等。它们都建在高海拔地带，在人们眼里都毫无例外地属于“天路”。

川藏、新藏和青藏这几条天路我或多或少都走过一段，这次能有机会走一走建在帕米尔高原上的天路，无疑是一次全新的体验，也是日夜期盼的一件大事。

帕米尔，葱岭古道

帕米尔，在塔吉克语里是“世界屋脊”和“万山之祖”的意思。帕米尔高原是天山、喀喇昆仑山和兴都库什山交汇而成的山结，地跨塔吉克族斯坦、阿富汗以及新疆克孜勒苏柯尔克孜自治州和喀什地区。

汉代称帕米尔高原为“葱岭”，因为山上长有野葱而得名。有专家考证，中国古代传说中的不周山指的就是葱岭。不过我前几年去宁夏时，也听到一种说法，说不周山指的是贺兰山。远古的事情很难说得清楚，究竟如何有待专家们继续考证，不过当年的丝绸之路南道由葱岭翻越则是可以肯定的。

我手头有一本 2010 年第 7 期《中国国家地理》杂志，作者萧春雷在《帕米尔——群山的“玫瑰结”》一文中有这样一段精彩描述：

似乎为了分割亚洲，造物主才在它的腹部矗立起一座险峻的高原。帕米尔就是历史中的巴别塔，让亚洲各地的人民操着不同的语言，在彼此隔绝的情况下发展自己的文明。但终究，他们之间还是需要联系的。中国与西亚，游牧民族与南亚农业社会，彼此欣赏，于是产生了许多遥远而漫长的道路。

“在这些道路里，最著名的是丝绸之路。”作者最后这样总结。

千百年来，白雪覆盖的葱岭古道上留下了无数僧侣、商人、使臣、将士、探险家的身影：法显、宋云、玄奘、张骞、高仙芝、斯文 · 赫定、斯坦因……这条道路留给他们的，有神往、有冲动、有功名、有荣耀，也有坎坷和劫难。

晋安帝隆安三年（公元 399 年），僧人法显从长安出发，沿丝绸之路西行求法。他在《佛国记》中这样描述葱岭：“上无飞鸟，下无走兽，四顾茫茫，莫测所之，唯视日以准东西，人骨以标行路。”

古人的描绘令人毛骨悚然，但帕米尔并非永远都属于严冬，帕米尔也有春天，冰山上也有雪莲。在有世界屋脊之称的帕米尔高原上，居住着善良、淳朴、勤劳、欢快的塔吉克人。塔吉克人善吹鹰笛——一种用鹰骨做的笛子，跳鹰舞，舞蹈常用鹰笛和手鼓伴奏。

我在喀什逗留时得知，有一首笛子独奏曲就叫《帕米尔的春天》，是由新疆军区歌舞团笛子演奏家李大同根据塔吉克族民歌《美丽的塔什库尔干》主题旋律创作而成的。乐曲描绘了帕米尔高原壮丽的风光，表现了塔吉克牧民纯朴豪放的性格、热爱生活的情怀和载歌载舞的欢乐场面。该乐曲为竹笛考级常见曲目。

在帕米尔高原，还生活着一个快乐的民族，这就是柯尔克孜族。

“柯尔克孜”为突厥语，意为“四十个姑娘”，也有解释为“四十个部落”“山里游牧人”和“赤红色”。柯尔克孜人主要居住在新疆西部，在黑龙江省富裕县也有少量分布。

远在东北边陲的黑龙江也有柯尔克孜人，乍一听有些匪夷所思，网查后恍然大悟。原来，乾隆年间，清政府在平息新疆准噶尔蒙古部上层叛乱后，来了一次“大换防”，将部分参与叛乱活动的柯尔克孜族士兵和家属东迁至黑龙江，其后不久又将驻扎在东北盛京（今沈阳）一带的部分锡伯族士兵和家属西迁到新疆。据说，现今居住在新疆的锡伯族人仍在过一个传统节日——“西迁节”。

看到这里，不由联想起一件事来。有一次在青海，听当地的一位同事说，她是锡伯族人，父母出生在伊犁，但祖上是东北人。我听了很不解，一个西北，一个东北，相距千里，又是一个人口不多的民族，怎么会有这种事情呢？这次来新疆才知道了这段迁徙历史的来龙去脉。

柯尔克孜族与吉尔吉斯族是同一个民族，只是叫法不同。我猜想最初可能是为了区分一下，才做这种翻译上的处理。有一种说法，吉尔吉斯人是汉朝投降匈奴的大将李陵的后裔，但尚待考证。不过大诗人李白出生在吉尔吉斯斯坦境内的碎叶城这一点则是公认的。读过唐诗的人，都知道书上就是这么说的。但中亚碎叶位于何处，知道的人很少。

我的同学李钢和刘华芹是专门研究中亚问题的。那次我们在导师的生日聚会上相遇时，我曾就上述问题与他们进行过交流。他们几年前到吉尔吉斯斯坦访问时，曾专门到首都比什凯克以东的托克马克寻访过李白的出生地碎叶城遗址，发现这个曾经是丝绸之路重镇、唐代“安西四镇”之一的古代西域城市已是杂草丛生，一片荒芜，只有那个历经风雨侵蚀残留下来的土墩似乎还在诉说着昔日的繁华。

盖孜峡谷

车子进入盖孜峡谷，海拔急剧升高，植被明显减少，路况越来越差，也越来越险。

这时，路边景色出现明显的变化。山体以红褐色为主，间有浅灰和浅红色，间隔分布，相互映衬，五彩斑斓，有点类似我以前在吐鲁番看过的火焰山。亿万年前强烈的地壳和造山运动，使得今天的帕米尔高原的地质地貌丰富多彩。

五彩斑斓的盖孜峡谷

来到奥依塔格河边，稍事逗留。河谷宽阔，河水不肥不瘦，不急不缓，也许它的源头处已经结冰，所以水量不是很大。几棵胡杨树的叶子已经变黄，在一排绿树中分外显眼。一辆从喀什过来的旅游车停在路边，游客纷纷下来拍照。

大吕说，沿这条河道走30公里就是奥依塔格冰川，如果天气晴朗，看起来非常壮观。那里除冰川外，还有雪山、森林、瀑布、草地、湖泊，人称“西域第一生态景观”。可惜我们行程紧张，只能就此止步。

盖孜峡谷险峻陡峭，紧挨路旁的岩石如刀刃般壁立，盖孜河水在山脚下湍急流淌，车子从此经过，必须小心翼翼才行。天气预报说今天有雪，所以天空能见度不是很高，但山坡雪线分割明显，雪顶依然可见。

“轰隆隆，轰隆隆”，一阵大型机械作业的声音把沉浸在雪山美景中的我们拉回现实。果然不出所料，又是一个正在建设中的水电站。我在西部地区行走，这种情况屡见不鲜。原以为冰雪覆盖的帕米尔高原是块净土，但没想到，它也没能逃脱人们的干扰。天下攘攘，皆为利往，如今生态环境的恶化，不就是这种盲目趋利行为带来的恶果吗？

过了阿克陶公安边防检查站，海拔急剧上升。正走着，耳朵响了一下，随身携带的包装食品袋也鼓鼓囊囊地涨了起来。帕米尔在用这种方式欢迎我们！

前面堵车了，想下去看看。刚一打开车门，一股寒气扑面而来，不由打个冷战，赶紧套上抓绒冲锋衣。原来，前面有两辆车追尾，两伙人在吵架，互不相让，一方搬来几块大石头横在路上不让另一方走。磨了好一会儿，在路人劝说下有人把石头搬开，终于可以通行了。

车过布仑口，眼前豁然开朗，峡谷变得开阔起来，已经进入塔什库尔干河谷。与盖孜峡谷的红褐色山体不同，映入眼帘的山体是白色的。这不禁使人感到惊奇，同处帕米尔高原，山体却出现如此巨大的反差，不知地质学家对此是如何解释的?

白湖，黑湖

拐过一个山口，突然眼前一亮，右手边出现一大片蔚蓝色的湖水，简直有些不敢相信自己的眼睛了——这是在冰峰雪岭的帕米尔高原上吗?

大吕笑眯眯的不说话，只见他方向盘一打，一脚油门，向湖边驶去，车轮碾过沙滩，留下两道深深的车痕。眼看要开到湖里了，他又猛然一个刹车，就这样把我们送到了湖边。

眼前的这片湖水就是白沙湖，湖边的山就是白沙山。白沙湖岸边的沙子是白色的，湖边的山体也是白色的。清澈的湖水卷起细细的白色沙粒，轻轻地拍打着湖岸，对面的白沙山看上去如披着绸缎一般。蹲在湖边，撩撩湖水，顿感凉气袭人。走在湖边潮湿细软的沙滩上，脚下松快了许多。

沙山沙湖，山光水影，白沙湖就像一块静卧在荒山秃岭中的蓝宝石，宁静温柔，风姿绰约。没想到在如此严酷、蛮荒、孤寂的帕米尔高原上竟会有如此美景。

大吕说，去年冬天他和几个驴友来过，几个人跑上冰面，大喊大叫，兴奋至极，竟然脱下衣服，在冰雪覆盖的湖面上打滚。如果是夏天来这里，景色会更不一样，有绿色相伴。似乎是为了印证他的话，回来后没几天，看到一位同事的摄影作品，登在单位一本杂志的封面上，

位于帕米尔高原上的白沙湖

拍的就是夏天的白沙山。果然，画面中的白色背景多了一丝盎然生机。

过了白沙湖，离慕士塔格峰越来越近，云雾缭绕中，雪顶依稀显露。论高度，慕士塔格峰在“昆仑三雄”中最低，但却最壮观，被誉为“冰川之父”。远远望去，白皑皑的雪峰高耸云天，纤尘不染，在太阳光线的映射下发出迷人的光芒。不论是谁，只要看一眼这座纯洁无瑕的雪峰，就会顿生激情，产生亲近的欲望。

100 年前，瑞典探险家斯文 · 赫定路过此地，为其难以抗拒的魅力所迷，几次试图登顶，终因冰崖陡峭而被迫放弃。我案头有一本斯文 · 赫定的《亚洲腹地旅行记》，其中有一章记述了他在吉尔吉斯人向导的引领下攀登慕士塔格峰的经历，这一章的名字就叫“与冰山之父搏斗”。

斯文 · 赫定是探险家，也是语言大师，他有一段话是这样描写的：“太阳下山了，紫色的暮光隐没在慕士塔格峰西山坡的后面。一轮满月升至冰川以南，我走出帐篷，踏入浓浓夜色，欣赏着这片我在亚洲大地上见过的最为壮观的景色……”这是多么让人神往的境地啊！

已经身处海拔 3000 多米的高原，感觉慕士塔格峰不是很高，没有那种高耸入云、壁立骇人的感觉。相反，这里山势平缓，坡度是缓慢上升的，没有那种急转弯式的盘山路，即使山脚谷底也给人开阔平坦之感。这是同处山谷地带的帕米尔高原与横断山脉的截然不同之处。

也许帕米尔高原觉得只送给我们一个“白湖”还不够，峰回路转之后，在慕士塔格峰山脚下，又慷慨地把一个“黑湖”送到我们面前。

这个“黑湖”就是卡拉库里湖。在柯尔克孜牧民眼里，卡拉库里湖是“变色”的：天气晴朗时，湖水幽蓝，一到阴天，它就会色黑如墨。原因何在？这是帕米尔高原留给我们的又一个问号。

仅隔一个山隅，景色却大异，让人惊喜连连。望着雪山湖水，我立马来了精神头，一下车就不管不顾地朝湖面跑过去，可没跑上几步就蹲在地上大口大口地喘起了粗气，这才想起这里是空气稀薄的高海拔地区，不可肆意妄为。好在以前去过西藏，知道高原反应的厉害，早在出发之前就开始吃红景天，否则不知会出什么事。

湖水清澈，湖面静谧，俯身拾起一块圆石，尽最大力气抛入水中。水石相激的声音打破了宁静，在空旷的山谷中回响。石入湖水激起的涟漪一圈圈扩散开来，直到慢慢消失。

冷风嗖嗖刮过，抽在脸颊生疼，很快鼻涕被冻了出来，可还是舍不得离开。徘徊间，在湖边的碎石滩上发现一个大大的羊头骷髅，好有意境啊！快步走到跟前，打量一下，完好无损，如果清理一下泥沙，不亚于商店墙上挂的艺术品。只可惜没法携带，无奈之下，只好把它的形象摄入镜头，然后恋恋不舍地丢在了湖边。

就在这当儿，一个柯尔克孜族小伙子骑着摩托车朝我们飞快地开了过来。不知来者何意，出于本能，我把挎在肩上的单反相机往后推了推。

“看看玉石吧，货真价实，便宜。”小伙子用生硬的汉语朝我们嚷道。原来，他是要向我们推销他挎包里的玉石。

经过在和田玉石市场的初步扫盲后，我们已经有了点经验，扫了几眼，摸一摸，掂量掂量，就知道他的玉石是假的。为了不打消小伙子的积极性，我们夸奖了他几句，赞美了一番这里的景色。大吕又从车里拿出几个库尔勒香梨塞进了他的挎包。

小伙子露出笑容，打个呼哨，油门一轰，扬长而去。

过苏巴什达坂

早已过了饭点，饥寒交迫，急需补充能量。雪岭冰河，无处打尖，只能靠早上买的馕来充饥。随身带的热水壶发挥了作用，用手掰一块冷冰冰的馕放入口中，再喝上一口热水，一顿迟到的午餐就此搞定。

能在这茫茫雪山脚下和高原湖畔，就着凛冽的寒风吃一顿简陋的午餐，不啻是人生的一种别样体验。生活应当丰富多彩，有时候自讨一点苦吃、自找一点罪受也是一种乐趣。就拿吃饭这个头等大事来说，如果一年365天，每天都坐在舒适的饭厅里，重复吃那些已经吃腻了的饭菜，烟酒相伴，吃完喝完就斜躺在沙发上看电视，或者倒头就睡，生活难免单调，于身体也不利，对健康和寿命来说实际上做的是减法。

我周末经常随户外组织去郊外，或者爬山，或者徒步，偶尔也会挑战一下松山大海陀和箭扣野长城。中午饭大都是在野外解决，驴友们凑在一起，交换一下各自的食品，感觉很愉快。有时候馋了，也会在领队的倡议下“腐败”一次，比如吃吃延庆的大锅鱼贴饼子。不管怎样，只要换一种生活方式就会有一种新鲜感、快乐感和愉悦感。

填饱肚子，有了热量，告别“白加黑”，继续赶路。没一会儿，雪花开始纷纷扬扬飘洒起来，慕士塔格峰笼罩在白雾蒙蒙之中。前面弯路多了起来，车子不得不放慢速度，缓缓行驶。

与另外几条天路相比，喀喇昆仑公路车流稀少，偶尔见到几辆，大都挂着军牌。没有喧嚣，人迹罕至，唯我独享，这是我们一路上最感到自豪的一件事。在大自然面前，人永远是渺小的。置身于这样神圣的雪山怀抱，只有仰望，只有敬畏；置身于这样纯净的环境中，什么烦恼、什么忧愁、什么困惑，全都烟消云散。

就在我们尽情陶醉于雪山之时，手机上传来一条短信：外交部领保中心祝您平安，请遵守塔吉克斯坦法律，尊重当地风俗和宗教，注意加强防范和自我保护，防盗防抢。

原来，已经到了与塔吉克斯坦接壤的卡拉苏口岸。海关门前，载满货物的大卡车一辆接一辆在等候出境。这些车大部分产自北汽福田、中国重汽和陕重汽，车头标有 TJK 字样，车上的货物也都产自中国，但司机都是塔吉克斯坦人。一位塔吉克斯坦司机见到我们，主动

与塔吉克斯坦接壤的卡拉苏口岸

打招呼，摆出姿势，任我们拍照。

就在这时，走过来两个汉族小伙子，问能不能搭我们的车回喀什。得知方向不对后，笑了笑，然后与我们攀谈起来。原来，他们是来自乌鲁木齐的司机，专门负责把已经卖出的卡车和货物送到口岸，然后再搭车回去。他们说，中亚 5 个国家中，塔吉克斯坦最穷，中国的大卡车卖到那边利润很高，随车运过来的五金、百货、轻工品也很受欢迎。

越野车在崎岖的山路上慢慢爬升，前面是苏巴什达坂。看看车载海拔表，已经到了海拔 4700 米，这是我们几天来到达的最高位置。苏巴什达坂山口狭小，公路从半山腰穿过，抬头是高高的山崖，低头是蜿蜒流淌的塔什库尔干河。过了山口，公路又要转一个大弯，这是我们一路上经过的最险要的地方，无论什么车，在这里经过都要万分小心。

刚驶上垭口，发现转弯处有一辆越野车，几位身穿红绿色冲锋衣的年轻人正在路边拍照。在这荒凉孤寂的帕米尔高原上，能够碰见驴友，令人兴奋，也感到亲切。

下车一聊，果然有共同语言。三个人中有两位来自深圳，一位来自杭州。他们在喀什结的伴，已经走完塔什库尔干和红其拉甫，正在返回喀什的路上。来自杭州的女孩网名叫“独舞”，哈尔滨人，衣着几近褴褛，皮肤晒得黑里透红。她说已经出来一个多月，是从拉萨、阿里一路搭车过来的。

山风刮过，吹起片片积雪。车子在缓慢爬行中，一点点驶离苏巴什达坂。随着海拔的降低，植被开始多了起来，河谷宽阔平坦，一片绿洲景象。

纯净的家园

一部老电影的记忆

“戈壁滩上的一股清泉，冰山上的一朵雪莲，风暴不会永远不住，啊，什么时候啊，才能够看到你的笑脸……”随着塔什库尔干县城的临近，我的心情不由得激动起来。原因是，这个地名与我喜爱的一部老电影有关。这部老电影的名字叫《冰山上的来客》，拍摄地就是位于帕米尔高原上的塔什库尔干。

说起《冰山上的来客》，年纪大一点的人几乎没有没看过的。用现在时髦的话说，它是那个年代的“集体记忆”。这部由长春电影制片厂拍摄的影片以边境线上边防军与敌特斗争的故事为主线，但影片中表现出来的帕米尔高原的壮美景色和塔吉克族人的淳朴民风，还有阿米尔和真假古兰丹姆之间发生的扑朔迷离的爱情故事不知迷住了多少人。

影片的故事情节是这样的：

萨里尔山口牧民纳乌茹孜从外地娶来一个名叫古兰丹姆的新娘，但她实际上是匪首热力普逃跑时潜伏下来的女特务。“新娘子”的来到，勾起解放军哨所新战士阿米尔的一段辛酸回忆。他和古兰丹姆自小青梅竹马，情深意笃。后来古兰丹姆被卖给热力普和江罕达尔为奴仆，从此杳无音讯。晚上，阿米尔随同杨排长前去参加婚礼，“新娘子”知道了阿米尔的童年往事后，对他显得分外亲昵。

为了刺探边防军情报，假古兰丹姆不分白天黑夜，多次到哨所找阿米尔，欲重温“旧情”。阿米尔虽再三以解放军纪律相拒，但仍摆脱不了她的纠缠。这一现象引起杨排长的警觉。不久，热力普和江罕达尔根据“新娘子”的密电，率领小股特务偷越边防，被解放军冰峰哨所全歼。但敌人仍不甘心，不久，一个暗号叫“真神”的特务阿曼巴依混入了边防军哨所驻地活动。

当假古兰丹姆的身份已暴露时，阿曼巴依即派人将她杀害，并策划趁巴罗提节叼羊比赛时，里应外合，袭击边防哨所。杨排长将计就计，将武装特务一网打尽，阿米尔和真古兰丹姆得以重逢。

饰演杨排长的男主角梁音是黑龙江齐齐哈尔人，早年当过铁路工人，由于热爱表演，一个偶然的机会被长春电影制片厂看中，成为专业演员。梁音演戏的特点是朴素、自然、含蓄，充满年轻人的阳刚之气。作为那个年代的青春偶像，梁音拥有众多影迷。

在北京三里屯，一个叫俞湖的小姑娘看过《冰山上的来客》后，暗暗恋上这个大他 22 岁的“杨排长”。打那以后，“杨排长”就成了她找对象的标杆，媒人介绍的小伙子全不中意。不知不觉间，她度过了自己的青春年华。2000 年，梁音的妻子去世，年过 50 岁的俞湖得知消息后，每天给梁音打一个电话，倾吐情感。终于，在梁音女儿的撮合下，这对粉丝和偶像走到一起。从此，在《冰山上的来客》光环下，又多了一段海枯石烂的爱情故事。

我小时候喜欢看电影，但那时候文化生活匮乏，加上地处偏远，能看到的片子很少，这部老电影不知翻来覆去看了多少次。像“阿米尔，冲！”这样的场景至今还历历在目。对雷振邦作词作曲的《怀念战友》《花儿为什么这样红》和《冰山上的雪莲》等插曲更是烂熟于心。一听到刀郎用低沉沙哑的嗓音唱起这些脍炙人口的经典老歌，我都忍不住要跟着哼哼几句。

及至成年以后，我又重温过这部黑白老电影，仍有“是经典就百看不厌”的感觉。如今来到这部老电影的拍摄地，心里不免泛出几分“寻根”的冲动。

石头城，清新的高原绿洲

在塔吉克语里，塔什库尔干是“石头城”的意思，“塔什”是石头，“库尔干”是城堡。之所以这样叫，是因为在塔什库尔干有一座丝绸之路上的重要遗址，这就是有两千多年历史的石头城。

汉代，石头城是西域三十六国之一的蒲犁国的所在地。唐代，石头城是朅盘陀国的国都。据《大唐西域记》记载，玄奘自天竺取经归国途中，经兴都库什山瓦罕走廊，翻越明铁盖达坂来到石头城，在此小住。朅盘陀国王为这位唐朝和尚的壮举所感动，将其敬为上宾。唐朝政府统一西域后，在此设葱岭守捉所，也就是戍边机构。

石头城遗址位于雪山脚下，城堡建在一个伸向河谷的丘陵上，远远望去，像一座历经战事而后废弃不用的军事古堡。城墙最高处有 20 多米，全部由大石块垒砌而成，城墙上有城垛、瞭望孔等防御设施。城堡由外城和内城组成，两墙之间是成堆的乱石，如同废弃的采石场一般。

塔什库尔干县城的海拔有 3200 米，待我们气喘吁吁爬上城堡，太阳刚要落山，余晖照在残破的城垣上，一片沧桑。徘徊在残垣断壁之间，有一座穿越时空的感觉。谁能想到这就是 2000 多年前一个西域国家的都城呢？

夕阳下的石头城残址

站在城堡上，俯瞰河谷，有一种居高临下的感觉，想当年这一定是个易守难攻的堡垒。这时才体会到了为什么古人要把城堡建在丘陵上。

走下城堡，来到阿拉尔金草原湿地的木栈道上，回头望一望，夕阳下的城堡在雪山的映衬下又多了一份韵味。

从帕米尔高原上流下来的雪水汇成一条条小溪，滋养着雪山下的草地和农田，给塔什库尔干这片高原绿洲带来了生机和活力。葛剑雄教授主编的《丝路烟雨》记载了这样一个故事，颇耐人回味：

北魏时期，僧人宋云和惠法由洛阳出发，前往印度求法，来到西域。路过石头城，发现这里的庄稼长得很旺盛。一问才知道，这里的农田是用雪山融水灌溉的。他们感到很新奇，于是对当地人说，中原人是靠老天下雨种地的。当地人一听哈哈大笑，问两位僧人："老天有那么可靠吗？"经历过中原大旱的两位僧人听后面面相觑，无言以对。

此时的塔什库尔干已经过了收割季节，田野萧条，草木枯黄。但看到雪山脚下连成一片的阿拉尔金草地，不难想象春夏时节绿草如茵、牛羊成群的景象。

走在塔什库尔干县城的街道上，第一感觉是清新、安静。喀喇昆仑公路从县城中间穿过，街道干净整洁，行人稀少，见不到高楼大厦，柏油马路两旁挺立着高高的白杨树。鹰是塔吉克族人的图腾，在一个街道转角处，我们见到一座塔吉克族人物造型的雕塑，做着展翅欲飞的鹰的动作，生动逼真，艺术感十足。

清新整洁的街道

与我们前些天走过的几个县城相比，塔什库尔干完全是另外一个世界。这里没有人声喧闹，更没有烟霾雾霭。皑皑雪山、蔚蓝天空、朵朵白云、清新空气，这种境界以前只有在西藏见过。在后工业化社会和人口爆炸的今天，能有这样一个纯净的环境实在难得。

我们下榻的犇磊鑫宾馆房间不大，但干净整洁，院子里人车稀少。服务员说，夏天来这里旅游的人很多，但天一冷基本上就没什么人了。虽然也是一个旅游城市，但在塔什库尔干县城，路边见不到卖旅游纪念品的摊位，没人向你兜售玉石之类的“特产”，丝毫没有商业化的味道。

阳光照耀着塔什库尔干

与我们一路上看惯了的维吾尔族人不同，塔吉克族人高鼻梁、深眼窝、白皮肤。据专家考证，他们属欧罗巴人种。现代塔吉克族人说伊朗语，用维吾尔文字。

生活在高原上的塔吉克族人以正直淳朴闻名，尽管生存环境恶劣，封闭落后，但他们一直保持着古朴的民风。眼见为实，耳听为虚，我们几次向塔吉克族人问路，感觉他们都非常热情，负责任，绝不敷衍了事。一位骑电动车的老汉不仅把车停了下来，耐心告诉我们行走路线，还提出要带我们走一程。

有人说，塔吉克族人的心灵像他们的家园那样纯净，说得非常准确。

塔什库尔干素有夜不闭户、路不拾遗的民风。在这里，锁头卖不出去，监狱里几十年没关过一个罪犯。新疆朋友送我一本《新疆风土记》，作者是新华社记者李现国，对此他深有感触。为了证实这一点，他特意去了一趟塔什库尔干监狱，他形容那里是“空无一人，鸦雀无声”。

骑电动车的塔吉克族夫妇

当地有个习俗，如果有人丢了东西，拣到者或者用石头把东西围起来，或者坐在一旁等候失主的到来。李现国老先生在塔什库尔干曾经历这样一件事情：他去乡下采访时，随车司机把太阳镜遗失在了老乡家里，回到县城才发现。正在着急时，一个塔吉克族小伙子骑马赶到，把太阳镜交到司机手里，让他们感动不已。

塔吉克族人注重礼节，而且讲究比较多。比如，关系亲密的兄弟、亲戚、近邻们相见要彼此拥抱。小辈见到长辈，要急走几步迎上去，吻长辈的手，长辈吻小辈的额部。男人相见，握手之后还要吻对方的手背。女子相见时，幼辈吻长辈的手心，长辈吻幼辈的额和眼，平辈则互相吻面颊。男女相见，一般以握手问好为礼。

我在纪录片《远方的家》中见过这个场面，觉得很新鲜，不过也有些疑惑，要是每次见面都这样，是不是太麻烦了？来到塔什库尔干之后，我特意观察一下，自始至终也没有见到这种场面。回想一下，电视片中的场景是一场乡下人的婚礼，这才恍然大悟。随着时代的变化，塔吉克族人的习俗也在变化，如今只有在节庆仪式上才会采用这样的见面方式。

婚礼是塔吉克族人的盛典，在农村要连续三天举办叼羊、赛马等活动。期望也能遇到一场这样的婚礼，开开眼，但运气不佳，在县城和乡下转了一圈都没遇到。倒是听路上遇到的驴友“独舞”说，她们很幸运，在一个村子里遇上了一场婚礼盛事，感受到了塔吉克族人的传统习俗和热闹场面。

吹鹰笛、跳鹰舞是塔吉克族的传统习俗。20 世纪 70 年代，小提琴协奏曲《梁山伯与祝英台》的作者、上海作曲家陈刚根据塔吉克族音乐素材，吸收中国民间器乐曲的演奏手法，创作了《阳光照耀着塔什库尔干》。乐曲展现了帕米尔高原辽阔美丽的草原风光和牧民们骑在马上弹琴歌唱的情景，以及塔吉克族牧民欢腾的舞蹈场面。通过这首小提琴独奏曲，人们也认识了这个居住在雪域高原上的快乐民族。

我以前没有听说过这首乐曲，回来后特意在搜狗音乐网上调出来听了两遍。在音符的跳动中，帕米尔高原的壮丽景色仿佛又回到眼前。

路遇塔吉克族老汉

县城外一个村口，遇到一位塔吉克族老汉，看样子刚刚吃过晚饭，出来“遛弯”。我们的运气很好，老汉会说汉语，见我们过来，主动和我们打招呼。

“您汉语说得这么好！”我称赞了老汉一句。

“我喜欢和汉人打交道，我有很多汉族朋友，关系都非常好。”老汉一脸憨厚。

老汉高鼻深目，白皮肤，典型的塔吉克族人特征。受高原紫外线的影响，老汉的脸膛白里透红。让我们感到诧异的是老汉的一身打扮，几乎和汉人完全相同：一身蓝色中山装，外面披一件军大衣，头戴一顶蓝色的帽子，脚蹬一双棕色牛皮鞋。

说着话，老汉从内衣口袋里掏出身份证，一边给我们看，一边告诉我们：这个村子叫栏杆村，他的名字叫夏木别·木米尼，今年64岁。

刚一见面就推心置腹，敞开心扉，这就是诚实的塔吉克族人，与我们在内地见到的那种遇到生人不理不睬，甚至抱有戒心的现象形成鲜明对比。

老汉用手指着路边的一座院落说：“那就是我的家，欢迎做客。”这正是我们求之不得的事情，于是走下路基，跟随老汉走进他的院子。老汉家的院子很大，黄土加石块垒就的围墙内坐落着几间土坯房，旁边用栅栏围起一个牛圈和一个羊圈。

走进老两口住的房间，里面狭小幽暗，一个通铺上面整整齐齐地码放着被褥，用品摆设异常简陋。只是在一个靠墙柜上面摆放着一台黑白电视机，这是家里唯一值钱的物件。屋内生着一个小火炉，炭火在幽暗的房间里发出微微的光亮，散发着热气。老汉说，这个火炉的用处很大，可以取暖，也可以热馕。

见我们有些吃惊，老汉又不好意思地笑笑说，这是他家的老房子，去年政府给每户补助 8 万元，为村民盖了新房，他家的新房就在马路对面，条件比这里好，宽敞明亮。

“你们可以在我家住，几天都可以，可以和我们一起吃饭。”老汉爽快地说。

“那，怎么收费呢？”我迟疑地问。

“不收费的。”老汉的回答很干脆。

“不收费？”我有些不敢相信自己的耳朵，竟一时语塞。

“不收！”老汉肯定地回答。“经常有旅游的在我家住，关系都非常好，我从来不要他们的钱。”老汉补充说。

从老汉诚挚的目光里，我敢肯定，他没有说谎。

去过了太多的旅游景点，经历了太多的商业氛围，如今来到帕米尔高原上这个偏远寂静的小村庄，遇到这

样一位善良淳朴的塔吉克族老汉，好不令人感动。直到今天，我还常常忆起帕米尔高原上的那个傍晚，那个善良淳朴的老汉，那个纯净如白云般的村庄。

闲谈中，老汉讲起了他的身世。他小时候上过学，后来赶上“大串联”，和一帮同学步行10天，到了喀什，想搭车去北京，结果被人给劝了回来。他种过地，放过羊，开过拖拉机。他开的拖拉机是村里最好的，叫“毛泽东思想号”。现在年纪大了，腿脚不灵便，拖拉机交给了儿子。

老汉说，他一生就出过一次远门，就是那次喀什之行。听说我们来自北京，他耸了耸浓重的眉毛，连声说：“好地方，北京是好地方，我在电视里看过，北京有天安门，首都，大城市。”停了一下，他又说，“我这辈子去不了了。”

听了老人的话，不免有些心酸，老人家一辈子就待在一个地方，他的世界就这么大。可转头又想，这并不能说明老人不幸福。一个人有一个人的活法，农村人有农村人的快乐，城里人有城里人的难处，要不怎么会有这么多城里人嚷嚷着要回归田野呢？一个人的幸福指数与财富地位并非成正比。我 2011 年去过尼泊尔，那里的落后程度是你无论如何都想不到的。但就在这块国土上，人人脸上充溢着笑容，没有丝毫的忧愁感。几年前，一本杂志将尼泊尔评为世界上幸福指数最高的国家。

正要走出院子，小孙女回来了。见有生人来，小女孩不敢进门，躲在围墙外面朝院子里面看。在我们的一再招呼下，她才腼腆地走过来，羞怯地站在一旁，两手交叉放在胸前，一句话也不说。

小女孩实在是漂亮，瘦高个儿，高鼻梁，深眼窝，脸蛋红红的，身穿浅绿色上衣，牛仔裤，球鞋，扎一袭红头巾。一问，她今年 12 岁，正在上小学。看到小女孩这么招人喜欢，大家忍不住轮流和她照起相来。临别前小徐将包里的一支笔送给小女孩，嘱咐她好好学习，长大后到北京上大学。小女孩忽闪着大眼睛，痛快地答应。

天色擦黑，走出老人的土坯院子，看到马路对面的新房。这些房子的建筑外形十分漂亮，典型的塔吉克族风格，平屋顶，墙角用卵石垒成，灰色的墙面，转角处刷成白色，墙体顶层一圈底色是黑的，用一大一小的红色圆点间隔装饰。我们虽然没有进到里面参观，但想来里面的条件一定会比老人的旧房子好。

红其拉甫山口

古道，驿站

今天的行程是先去红其拉甫山口，然后返回塔什库尔干县城，稍事休息，晚上赶回喀什市区。

我大致计算一下，塔什库尔干县城的海拔是 3200 米，红其拉甫山口的海拔是 5100 米，按照海拔每增加 1000 米温度下降 6 摄氏度的说法，红其拉甫山口白天的气温要比县城低近 12 摄氏度，应当在零下 8 摄氏度左右。对我这个在冰天雪地里长大的人来说，这个温度按说不算低。可大吕说山口风大，而且又是高海拔，严重缺氧，很多人到了山口都吃不消，必须做好准备。

于是早上起来又加了一件毛背心、一条毛裤，套上厚厚的毛袜子。烧上一壶矿泉水，冲一碗姜汤喝下，把余下的开水灌入热水壶，随身带上，这回心里总算有了点底。

雪后的帕米尔高原寂静、空旷、冷峻，白雪覆盖的喀喇昆仑公路上只有我们这一辆车在缓缓行驶。车轮碾过的地方留下两道清晰的辙印。

曙光微露，阳光透过云缝映在雪峰上，现出漂亮的金顶。走着走着，天色渐渐晴朗起来，太阳露出大半个笑脸，蓝天上飘着缕缕白云，雪山几乎完全展现在我们面前。蓝天、白云、雪山，这就是冬天的帕米尔，名副其实的雪域高原。

相比之下，南疆的雪不是很纯，略显灰白色，而北疆的雪则是纯白的。原因在于，南疆有塔克拉玛干沙漠。北疆虽然也有古尔班通古特沙漠，但面积比塔克拉玛干沙漠要小得多。而且，北疆接近蒙古草原，在阿尔泰山和额尔齐斯河的滋养下，多草、多树、多水。要不怎么会在那里出现一块人间净土喀纳斯呢?

由县城通往红其拉甫山口的喀喇昆仑公路，沿塔什库尔干河谷修建。河谷宽阔，地势平坦，坡路平缓。想当年，翻越葱岭的商旅马帮就是从这条古道上走过的。

如今河谷里已看不到蹒跚前行的驼队，听不见驼铃声，取而代之的是汽车和喇叭声音。但走在这条幽深的峡谷里，听着耳畔呼呼刮过的长风，看着路边倏忽即逝的景物，心中不时泛起思古之情。

塔什库尔干河是季节河，夏季水量很大，一到冬季就变成了以碎石为主的河滩。河边偶有几处方形尖拱屋顶的小房子，外面多围一道土墙。小徐说，这些都是古驿站遗址，多建在河滩比较宽、有草场的地方，以方便骆驼和牛羊饮水吃草。驿舍多以卵石砌筑，屋内有简单的床铺和炉灶。在“烽火连三月”的边地，驿站担负传递书信军情的重任，与此同时也为商旅、马帮和牧民往来提供了便利。

千百年来，驿道上的行旅们养成一个习惯，每当离开驿站时就把一些多余或不用的东西留下，给下一拨人使用，他们知道，在严酷的自然环境下，只有互相抱团才能获得生存。

雪后的草地白茫茫的一片，那些散落的牛儿羊儿们不得不低着头，努力寻找裸露的干草。一只狗在奋力追赶一只野兔，直到野兔窜上山坡，才不得不停下来，看着快要到手的猎物逃之夭夭。

高原上的哨所

最早知道红其拉甫这个名字是看了老朋友邹蓝的西部游记《喀什噶尔的风》，书中说那里有世界上海拔最高的口岸，由此产生了向往之情。但对于红其拉甫这几个字代表什么意思，一直不甚了了，不过总觉得应当有什么特别含义。

身临其境才知道，这几个字在塔吉克语里是“血谷”的意思。听起来有些吓人，不过它和人没有关系。

原来，由于这里海拔太高，过去马帮翻越山口时，牧民常常用铁钉将马的口鼻扎破，以释放压力，久而久之，就有了“血谷”的称谓。据当地牧民说，早些年在山口的路边上还能看到石头上沾满喷溅的血迹，但随着马帮的消失，这种血淋淋的场面已经成为历史。

红其拉甫山口是中国和巴基斯坦的陆路通道，也是丝绸之路通往中亚的一个重要门户，过了山口就是克什米尔巴基斯坦实际控制区。一般说来，边境口岸应当包括海关、边检和边防军，三位一体。但红其拉甫口岸比较特别，山口只有一个负责边检的武警前哨班和一个负责边境巡逻的解放军前哨班，而海关则远在百里之外的县城。

在哨所门前停留，恰巧一辆巴基斯坦大货车从山口那边开过来，我注意到货厢是铅封的。

红其拉甫哨所

“要打开检查吗？”我问身旁的小战士。

“要到县城海关才能打开。”小战士回答。

这正好印证了我此前的知识点。据邹蓝介绍，由于过货量和客流有限以及冬季寒冷等因素，在他们的建议下，红其拉甫海关已于1990年代初迁移至县城。

小战士告诉我们，山口海拔5100米，平均气温零下20摄氏度，水的沸点不足70摄氏度，一年365天都是霜期。战士们编了句顺口溜：“天上无飞鸟，地上不长草；风吹石头跑，氧气吃不饱；六月下大雪、四季穿棉袄。”我事后查了一下资料，得知海拔每升高1000米，空气含氧量就下降10%。照此推算，红其拉甫山口的含氧量还不到平原地区的一半，在氧气如此稀薄的条件下生存其艰辛可想而知。

说话的小战士来自陕西，参军刚刚半年，问他是否适应这里的环境，他回答说，刚来时很不适应，喝不上开水，饭煮不熟，夜里睡不着觉，总觉得喘不过气来。手机信号时有时无，要是赶上雪天，不管移动还是联通信号全无。

由于客流量很少，而且每年 11 月底到次年 3 月底还要闭关，对这些活蹦乱跳的年轻人来说，忍受寂寞是更大的考验。部队考虑实际情况，安排战士们定期轮流下山，到县城休整训练，丰富一下文化生活。但这种缓解显然也是有限的，县城海拔也在 3000 米以上，热闹繁华不了多少，与内地的县城不是一个概念。

“慢慢适应呗。”小战士说这话时，显得十分轻松。到底是年轻人，条件再恶劣也阻挡不了他们的乐观情绪。小战士带我们参观了他们的宿舍、餐厅、娱乐室、图书室。这些房屋面积不大，条件也很简陋，但非常整洁，给人温馨之感。我乘机上了趟卫生间，发现里面也非常干净。

《远方的家—边疆行》节目中有一个镜头：记者在前哨班采访，遇到一位 18 岁的小战士。他来自四川，入伍还不到半年。当记者问他想不想家时，小战士嘴角抽搐了几下，随后哭了起来。采访组临行前，一个战士弹起班里唯一的乐器电吉他，战士们围坐在一起唱起《老男孩》：“那是我日夜思念深深爱着的人啊，到底我该如何表达，她会接受我吗，也许永远都不会跟她说出那句话，注定我要浪迹天涯，怎么能有牵挂，梦想总是遥不可及，是不是应该放弃……”

歌声中流淌的是这些年轻人的思亲思乡之情。看到这里，不由想起我 17 岁上山下乡时的情景，那种感觉完全是一样的。

国门，7 号界碑

红其拉甫国门设在离哨所 3.5 公里的地方，远远望去，“中华人民共和国”几个大字格外醒目，国门前有一个标有“红其拉甫”四个字的两层岗楼，看样子很有些年头，现已经闲置不用。

此时天气已经放晴，雪山之巅连着蓝天白云，一幅难得的雪域高原图画。走过国门没几步就是有名的中巴 7 号界碑，不用说，它也是世界上海拔最高的界碑。我一向不爱照自己，但看到这么有纪念意义的标志，也忍不住靠在 7 号界碑旁，留下一张难忘的合影。

前方是巴基斯坦苏斯特边检站，期望能见到巴基斯坦哨兵，和他们聊一聊。可惜时间不对，没有一个人出来。

国门，7 号界碑（巴基斯坦一侧）

小战士说，他们和老巴关系很好。老巴们经常过来蹭根烟，喝喝茶，交换点小礼品。我们的战士偶尔也会用矿泉水瓶装点酒送过去，老巴就用奶茶来招待他们。老巴们会说英语，汉语也会讲一点，我们的战士也能讲几句英语，基本不妨碍交流。早就听说，中国和巴基斯坦关系友好，没想到今天在中巴口岸得到了证实。

过去，前往中亚的行人喜欢从红其拉甫口岸过关，但近几年塔利班武装分子在这一带的恐怖袭击活动频繁，过关人员明显减少。很多人宁愿选择吐尔尕特口岸，走吉尔吉斯斯坦那条通道。

不久前，这里发生了一个令世人震惊的事件。活动在阿富汗和巴基斯坦北部地区的塔利班组织对一群来自不同国家的登山者发动恐怖袭击，导致10人遇难，其中包括两名中国人，另外一名来自中国的登山者张京川凭借其当过侦察兵的经验，侥幸逃离枪口。

张京川、杨春风和饶剑锋一年前在巴基斯坦登上了被称为“众山之王”的乔戈里峰（K2）。2013年6月，他们三人再次来到巴基斯坦北部，准备挑战海拔4100米的南迦帕尔巴特峰。

23日凌晨，一群荷枪实弹的塔利班武装分子来到南迦帕尔巴特峰登山大本营，冲进登山者的帐篷，将11名登山者捆绑起来，逐一枪杀。杨春风和饶剑锋就这样倒在了塔利班的枪口下。

侦察兵出身的张京川趁混乱之际，奋力挣脱绳索，采取左右闪躲的方式，一路狂奔。大约跑了50米后，他看到一个山崖，于是毫不犹豫地跳了下去。

待一切平静后，张京川悄悄摸回营地，找到卫星电话，与国内朋友取得联系。最终，在中国驻巴使馆的救援下，张京川得以生还。

对很多旅游者来说，遥远、神秘和危险就是好题材，越是这样的地方越有人愿意来一窥究竟。就在这时，由哨所方向开过来一辆大巴车，停在国门旁。看导游的旗子，原来是港澳台游客。他们年纪都在60岁开外，下车后，纷纷与国门和7号界碑合影。有几位游客越过界碑往外走，遭到哨兵制止。

一位来自台湾的老年妇女显得异常兴奋，“大陆实在是太大了，从未见过这样的景色。台湾是小山小水，无法相比。”听说我们来自北京，她又跟了一句：“我们刚去了北京，那儿空气不好，实在不想久留。”

天山脚下

路上的风景

从喀什市区出发，沿 314 国道向北行驶 500 公里，就是位于天山南麓的阿克苏市。

路过伽师县，路边摆满瓜果摊。伽师最有名的特产就是甜瓜，问了问价钱，15 元一公斤，还算实惠。来之前，已经听说伽师瓜有名，到了原产地自然要品尝一下。一尝，又脆又甜，果然名不虚传。摊主说，他的瓜刚摘下来，这种瓜必须趁着新鲜吃，时间一长就会变软，外地一般不容易见到。

地处大西北的新疆属大陆性气候，光照强，降水少，昼夜温差大，适合瓜果生长。与其他地方不同，新疆的瓜果营养物质消耗少，糖分积累多，吃起来口感好。近年来新疆与口内的经济联系增强，新疆瓜果在内地到处可见。很多单位在给员工搞福利时都选择新疆瓜果和特产。我在北京三里河的新疆饭店看到，门前和院子里几乎成了新疆瓜果和特产的天地，咨询、零售、批发、打包、运输一片繁忙，那场面不亚于农贸市场。

时近中午饭，随意来到路边一个摊点，在年轻女老板的招呼下，走进一个棚屋。所谓棚屋，就是用四根木杆撑起一块大塑料布，地上放一张大床，床上放一张木桌，客人吃饭时盘腿坐在床上。厨房也是如此，一块大塑料布下，垒起一个馕坑，旁边架一口铁锅。火苗舔着锅底，羊肉在锅里咕嘟咕嘟冒着热气，香味四溢，由不得你不咽口水。

坐下喘口气，环顾一下四周，发现景色很是宜人。五彩山石，很像吐鲁番的火焰山。山脚下，西科尔水库绿波荡漾。香喷喷的羊肉，配以湖光山色，引来众多旅人在此歇脚打尖。

很快，15 元钱一份的快餐端上桌来：几块带骨羊肉，一碗羊肉汤，一个馕，羊肉汤可以免费续添。样数不多，但味道浓浓。须臾，饭桌上杯盘狼藉。

老板娘约莫30岁，身材苗条，长相漂亮，汉语流利，前后张罗，忙个不停，看样子是见过世面的。见我们对她的快餐很认可，一脸笑容，主动为我们续汤。问起她在哪儿学的汉语，女老板颇有几分自豪："我以前在乌鲁木齐开饭店，刚刚回到老家。"

"怎么回来了？"大吕问。

"离婚了。"老板娘的回答非常爽快。

"是回来结婚的吧？"大吕半开玩笑地问。

老板娘听了一点也不生气，仍旧是笑："还没有，你给介绍一个吧！"

话音未落地，引来一片笑声。

大吕连喝两碗羊肉汤，来了精神，四小时没休息，一口气把车开到了阿克苏市区。

阿克苏绿洲

西域三十六国时期，阿克苏是姑墨国的所在地。阿克苏，维语意为"白水河"，指的就是由天山流下来的阿克苏河。

市区街道整洁，唯一不敢恭维的是交通秩序。当地人开车不太讲规则，尤其是年轻人，开起车来飞快，丝毫没有避让意识，一旦出现剐碰事件就会大声争吵。这些人吵架很有意思，表面气势汹汹，但一般不会动手，争吵一会儿就风平浪静，各走各的路。

刚刚进入市区，就遇到一起小摩擦：大吕开车直行，对面一辆车调头。开车的小伙子见我们过来，丝毫没有减速的意思，照拐不误，结果两辆车尾部蹭了一下。按照交通规则，拐弯的应当让直行的，小伙子负全责。可他却理直气壮，朝我们大声嚷嚷。大吕不服气，据理力争。吵了没几句，小伙子转过身来，上车溜之大吉，让人觉得又可气又好笑。

小徐在网上预订了一家连锁酒店，虽然简陋一点，但经济实惠，交通方便。以我的经验，对不以享受为目的的旅行者来说，住快捷酒店是最理想不过的选择。这家酒店干净整洁，服务员不多，但服务十分周到。内部装饰设计很实用：墙上有小挂钩，方便挂东西；柜子没有门，方便存取；洗手间的两支牙刷和两个杯子颜色不同，不易用混；洗发、护发、浴液三合一，毛巾洁白干净。墙上插座很多，便于旅行者充电；还有 WIFI，能随时上网。早餐样数不多，但吃起来味道可口。

虽然不是旅游城市，但这家酒店必须提前预订。我们在前台遇到几位临时来的客人，都被告知房间已满。在服务业竞争激烈的当下，标准化、精细化、人性化太重要了，否则招不来顾客。对自助型的旅行者来说，事先通过网上订购汉庭、如家等经济型酒店，既方便又便宜，是个不错的选择。

阿克苏位于天山脚下，塔里木盆地西北边缘，气候宜人、地势平坦、土地肥沃、水源丰富、光照充足、无霜期长，适宜各类农作物生长，是新疆地区最重要的商品粮和商品棉基地。这里还盛产红枣、核桃、苹果、白杏、香梨、葡萄和甜瓜。

杨镰先生告诉我，他多次到过阿克苏的沙雅县，非常喜欢那里。在他眼里，那是一个水草丰盈、瓜果飘香之地，一块难得的沙漠边缘的绿洲，他曾沿塔里木河骑行过 80 公里。宽阔的塔里木河水面上，捕鱼人的小船在水中荡漾，伴随捕鱼人的是一群群的野鸭子，还有那两岸密布的胡杨，丛生的芦苇……他常常在傍晚时分，站在塔河大桥上，向南眺望塔克拉玛干沙漠。在他看来，那夕阳下的沙漠，无疑就是一幅海市蜃楼般的图景。

当年，王震率领的入疆部队一眼就看中了阿克苏，在此扎下根来，建立了生产建设兵团。现在的农一师前身就是在南泥湾开荒的 359 旅。阿拉尔市建有 359 旅屯垦纪念馆，从中可以了解这支部队“生在井冈山、长在南泥湾，转战数万里，屯垦在天山”的历史。

在新疆，生产建设兵团的影子几乎无处不在，走在路上时不时就会见到“通往 ×× 团”的路标。一天前，在喀什的班超纪念园门口，就曾遇到一个“兵团三师中级法院”。如今来到阿克苏，发现这里简直就是兵团的天下。我们住的酒店旁边有兵团农一师检察院，对面还有一家隶属农一师的中学和一个艺术中心。

兵团的主要任务是屯垦戍边。就新疆生产建设兵团来说，在这方面的功能更强一些。新疆朋友告诉我，兵团的最大特点是“军、政、企”合一，下属的 13 个师（垦区）和师以下的 174 个团遍布全疆各地，除了税收，其他政府机构应有尽有。

在南疆，如果你遇到一个说汉语的，十有八九是兵团职工或职工家属。大吕说，前些年有关于兵团要撤销和改制的消息，但近年来新疆局势不稳，考虑兵团在维稳方面的作用，可能一时半会儿不会有变动。

温宿大峡谷，木札特古道

从阿克苏市区出发，沿 314 国道行驶 100 公里，再换行 307 省道向北走 30 公里，就来到了天山脚下的温宿大峡谷。

当地人称温宿大峡谷为“库都鲁克大峡谷”，意为“惊险、神秘”。在古代，它是连接天山南北的驿路，又称木扎特古道。它的奇特之处在于，同时拥有丹霞、雅丹、次雅丹、喀斯特和盐丘构造等 5 种地貌，有“活的地质演变史博物馆”之称。

这处景点是近年才开发的，旅行社一般不走这条线路，而是安排去库车大峡谷。这样做的目的是可以和库车、克孜尔石窟等景点拴在一起，捆绑销售。相比之下，温宿大峡谷的名气不如库车大峡谷。但我的感觉，它更幽静一些，也更野性一些，这是它为热衷户外活动的人所喜爱的重要原因。

四驱越野车在崎岖不平的沙石路上行驶，一路不见游人。20 分钟后，路到了尽头，一座红褐色的山岩横在面前。山岩上，几根峭拔兀立的石柱赫然入目，大吕说，这叫“生命之源”，名字还是杨振宁教授给起的。2007 年，新婚宴尔的杨振宁夫妇曾到此一游。杨振宁对这里的奇特地貌赞不绝口，回到内地后对媒体说：“我以前只向外国朋友推荐黄山，现在我要推荐新疆的温宿大峡谷。”

由于经常参加户外活动，我养成一个习惯，见到山就想爬，能走路就不坐车。一次在饭桌上，一位驴友问我：“你说，旅游和户外有什么区别？”我想了想，说：“旅游注重结果，户外注重过程。”普通旅游者常常是上车之后就直奔景点，到了景点就直奔有代表性的标志，拍完照、买点纪念品之后就上车，坐在车里就睡觉。而作为户外活动者，不仅要到达目的地，还要享受去往目的地的过程。目前国际上兴起一个“徒步旅游”（Trekking Tourism）概念，正在被越来越多的业内人士所接受，其含义与此类似。

如今来到天山脚下，忍不住又要挑战一下，于是弃车上山，沿着弯曲的山路向山顶爬去。山路荒野，崎岖不平，这正是户外人的最爱。红褐色的山岩在蓝天白云下高低起伏，连绵不绝。托木尔雪峰隐约闪现，直插云霄。天山，粗犷豪放又风姿绰约，竟一时让我们忘掉了登山的劳累。

走进一条幽深的峡谷，两侧绝壁高耸，奇峰兀立。经过亿万年的风吹日蚀和雨水冲刷，岩石呈现出千姿百态的形状，鬼斧神工，引发人们无穷的想象。想当年，驼队和行旅就是从这条天山古道中穿行的，那时的人们一定无暇顾及景色，想的是如何尽快走出峡谷。因为一旦降雨，峡谷中就会浊流滚滚。夜黑人静之际，正是打

一位老汉骑着毛驴从峡谷中匆匆走过

劫抢盗活动之时。

人迹稀少，景色优美，这正是我们求之不得的。一说起旅游，很多人想到的是著名景点。打开旅行社网站，无一例外地在向你推荐热门地点。实际上，以我的行走经验，以中国地域之大，“世外桃源”多的是，不一定非要盯着三山五岳。如果人人都往热点地方扎，那就不是“回归自然”，而是“回归人堆”。冷线不一定是差线。恰恰相反，它会给你带来更多的神奇，更多的惊喜。《中国国家地理》倡导边缘文化，其道理就在于此。

选择旅行线路和季节时，人气是首要考虑因素，可如果过于拥堵，景色再好也不值得去。有些知名景点，想去就尽量避开高峰期，比如在“十一”假期的后几天去。在九寨沟，一个经营旅馆的福建老板对我说，十月一日那天这里的游人数量是 8 万，以后每天递减一万，过了十一长假，每天都是一万人左右。

在陡立的崖壁间穿行，似乎是穿行在地心中，让人感到窒息。峡谷有如地缝迷宫，越走越深，见不到一个人影，好在只有一条道，不会迷路。四周寂静，静得有些怕人，不如就地喊几声壮壮胆。刚一开口，其他人也跟着喊了起来，声音在空谷中回荡，余音不绝……

终于，在峡谷中绕了几个弯之后，眼前豁然开朗，一股清凉之气扑面而来，眼前是一片宽阔平坦的冲积河谷。

已到了秋季枯水季节，一股细小的溪流从一块平坦的岩石上流下，刚一接触沙地就不见了踪影。我小心翼翼走过去，用脚在沙地上划出一道沟，试图把溪流引过来，但几次都没有成功，细小的水流刚一探头就被贪婪的沙粒吞噬掉了。

水是宝贵的，人需要水，大地也需要水。在沙漠中，水比黄金还宝贵。

就在这时，一个牧羊人牵着毛驴，赶着一群羊从沙滩上走了过来。羊群浩浩荡荡，看样子足有几百只。走在队伍前面的是一头高大的黑羊，脚步迅疾，估计是头羊，其他白羊紧随其后。羊蹄踏过的地方，扬起一阵浮沙。在周遭红色的山崖包围下，这队白色的羊群显得格外耀眼。行进中的羊群秩序井然，像列队一样，边走边在地

一列白色的羊群从赤色的山崖下迅疾穿过

雨水冲刷后的峡谷，如锯齿一般

上寻食。偶有不听话的羊脱离队伍，就会遭到牧羊人的大声呵斥。

不消一刻，这只浩大的羊队渐渐隐去，像一条白线一样消失在另一条沟谷中。

走在宽阔的河滩上，可以看到大地在水流的冲刷下形成道道裂缝，像放大了的锯齿一样，蜿蜒曲折，伸向远方。在一侧山岩下，屹立着两棵胡杨树，一棵青翠，一棵干枯。两棵树的周边长着些微的红柳和骆驼刺。

在满眼砂石的环境中，何来绿色？想来过去这里一定是水量丰盈、草木葱茏之处，要不然怎么可能成为当年的驿道呢，要知道大漠中的商旅最需要的就是水。这两棵胡杨可能生命力顽强，存活下来，也可能命大，没被人为砍伐掉。

克孜尔石窟

一个人的龟兹

东汉末年，也就是公元 200 年前后，小乘佛教传入龟兹国。小乘教派的特点是崇尚入山避世苦修，于是，遁入空门的僧侣们陆续来到龟兹克孜尔，凿挖洞窟，研习佛法。在随后的数百年间，在此苦修的僧侣们成就了一处庞大的克孜尔石窟群。

明屋达格山脚下，渭干河水静静流淌。山崖峭壁上，镶嵌着如蜂巢般的石窟洞穴。与莫高窟游人如织、排队等候不同，克孜尔石窟景区异常清静，从始至终没见到

几拨人。门口没有小商小贩，甚至连商店和饭馆都看不到。景区工作人员，包括售票员、检票员、讲解员和管理员可能都太寂寞了，恨不得找个人来说说话，见到有人前来参观满心欢喜，热情有加。

景区布局简单，重点突出，基本保留了石窟群的原貌。走入景区大门，沿着两旁种满白杨树的柏油路前行，迎面看到一尊高大的黑色大理石雕像，不用说，这就是那位大名鼎鼎的西域高僧鸠摩罗什。

鸠摩罗什的母亲是龟兹国的公主。鸠摩罗什 7 岁时，信奉佛教的母亲带他出家。小时候的鸠摩罗什天资极高，学习刻苦，能“日诵千偈”（相当于 3200 字）。鸠摩罗什 9 岁时，母亲又带他去印度学习。

在印度，鸠摩罗什接触了众多佛经典籍，眼界大开，并由此找到了他一生将要献身的事业。3 年以后，鸠摩罗什随母亲回国，在龟兹学习和传播佛教，名气越来越大，被誉为国师。鸠摩罗什的名字不仅在西域广为人知，而且也传到了中原。公元 382 年，前秦皇帝苻坚派遣大将吕光征讨西域，临行前特地嘱咐吕光将鸠摩罗什带回来：“龟兹真正的国宝是鸠摩罗什！”

吕光俘获鸠摩罗什后，带着他东归内地。军队走到凉州（今甘肃武威）时，收到苻坚被杀的消息，吕光留在凉州称王（史称后凉），鸠摩罗什也随其滞留于此，译经弘法。17 年后，后秦打败后凉，将鸠摩罗什迎请到长安，专事佛经翻译和讲授。在鸠摩罗什的影响和带动下，佛教在关中地区盛况空前。

沉思的鸠摩罗什

与前人不同，鸠摩罗什翻译佛经注重简约，关照整体，语句通畅，易读易记。也许很多人不清楚，我们现今日常用语中很多词汇都是由鸠摩罗什首创的，如世界、缘分、未来、心田、爱河、烦恼、火坑、苦海、魔鬼、一尘不染、天花乱坠、因果报应、大千世界、想入非非、粉身碎骨、回光返照……

人们在谈到鸠摩罗什一生时常引用印度诗人泰戈尔《飞鸟集》中的一句话：“生如夏花之灿烂，死如秋叶之静美”，这是对这位西域高僧一生最恰如其分的评价。

我第一次知道鸠摩罗什这个名字是看了电视纪录片《新丝绸之路》，其中第四集以“一个人的龟兹”为题对这位西域高僧进行了介绍。带着这个初步印象，我先后在武威参观了鸠摩罗什寺，在西安参观了鸠摩罗什译经和圆寂的草堂寺。

我以前对文字翻译很感兴趣，经常琢磨词汇和句子的译法，也出版过几本翻译作品，对这样的语言大家敬佩有加。如今在高僧的故乡看到他的雕像，似乎见到了一位老熟人。

眼前的鸠摩罗什身披一袭袈裟，一只腿跷起，盘坐在莲花宝座上，低垂着头，若有所思。或许，他是在憧憬即将前往的东方；或许，他是在思考某个佛经句子的译法……

明屋达格山下，有一个千泪泉，它讲述了一个凄美动人的爱情故事，也为石窟的来历增添了一分想象：

很久以前，龟兹国有一个美貌聪慧的公主，国王视之为掌上明珠。有一年春天，公主去龟兹城外一座山上打猎，途中与一位英俊的猎手相遇，两人一见钟情。

国王为了阻挠两人相爱，颁下旨令：倘若猎手一年内在崖壁上凿出1000个洞窟，便将女儿嫁给他，否则就将猎手逐出国门。猎手在爱情动力的驱使下，日夜不停地挖凿。待挖到第999个洞窟时，国王得知消息。他一下子惊呆了，没想到爱情的力量会有这么大。

国王不甘心，又生一计。他派人告诉猎手：公主已嫁给一个富家公子，不要再等了。猎手听后，信以为真，万念俱灰中从崖壁上跳了下去。公主闻讯赶来，悲痛不已，最终忧伤而亡，与恋人化作比肩而立的山峰。

公主的泪水化作千眼泉，流淌不息。从此，克孜尔石窟的山脚下又多了一处景观，名曰“千泪泉”。

三个佛经故事

讲解员是个毛头小伙子，看样子不过二十一二岁，走路快，说话快，手拎一长串钥匙带我们在栈道上迅速爬上爬下，进出一个个洞窟。从外面看，洞窟里黑乎乎一片，但是小伙子的手电筒一开，那精美绝伦的壁画和栩栩如生的佛像立刻呈现出来，令人眼前一亮，仿佛进入了另外一个世界。

小伙子说，出于保护目的，目前只有6个洞窟对游人开放。如果有特殊目的，比如研究考察临摹，需要经石窟管理部门批准，才能进入其他洞窟。不过，对一般初次来这里观光的游客来说，看过这几个有代表性的洞窟之后，对石窟的整体情况就会有一个基本的了解。

开凿在山崖上的石窟

与国内现存石窟比较，克孜尔石窟更多地保留了佛教艺术的本来面目，比如壁画上的人物清瘦、深眼窝、有胡须，观音菩萨是男性。我在一个洞窟里看到一幅弹琵琶的壁画，琵琶是横在人物前面的，而到敦煌就变成了“反弹琵琶”。

克孜尔石窟壁画采取菱格构图法，每个菱形格里都绘制一个“本生故事”，即释迦牟尼佛转世前苦难修行、积善积德的故事。画面以主要人物或动物为中心，四周用其他人物、动物和背景来衬托。我几年前在莫高窟看到，那里的壁画是以连环画的形式来表现佛经故事的。能把一个复杂连贯的故事巧妙地浓缩在一个菱形画面中，可见画工功底之深。

“本生故事”强调情节和脉络，很多意在教导年轻人要抵御各种人间诱惑，克己自律。此外，石窟内还有大量“佛传故事”“因缘故事”，以及表现世俗生活的壁画，如“二牛抬杠”等。这些佛经壁画故事情节曲折、哲理深刻，生活气息浓郁。新疆人民出版社出版过一本《克孜尔石窟壁画故事精选》，里面收集了十多个栩栩如生的佛经故事，读起来引人入胜。

手电筒的光束在一幅幅壁画上快速移动，小伙子的解说也和手电筒光束同步，一个个活灵活现的佛经故事就这样从他的口中传到我们的耳中。在参观过的6个洞窟中，有三幅壁画故事给我留下深刻印象：

第一个故事　舍己救猴

一群奔逃的猴子面临深涧，追捕的猎人引弓待发。危急之际，猕猴王前后脚攀住深涧两岸的树干，以身搭桥，猴子一个个在它身上奔跑而过。猴王体力渐渐衰竭，眼看就要支撑不住，但还在回头顾盼，希望后面的猴子能够迅速通过。这幅壁画把猕猴王舍生忘死、舍己救“猴”

的行为描绘得活灵活现。

第二个故事　燃臂指路

一个漆黑的夜晚，迷路的驼队行进在山谷中。骆驼前面有两个脚夫，头戴尖顶小帽，脚蹬高腰皮靴，面向前方振臂欢呼。原来，脚夫前面还有一个人，只见他裸露上身，两眼微闭，高举着正在熊熊燃烧的双手，为驼队指明前进方向。这个故事不仅宣讲了佛家教义，也反映了在当年的丝绸之路上，骆驼商队与佛教僧徒的关系。

第三个故事　猎人与樵夫

一头黑熊被猎人追赶，奔走无路之际，被一个樵夫救下并藏了起来。樵夫答应此事不告诉猎人，但他并没有守约。猎人见到樵夫时，对他说："如果你告诉我黑熊在哪，我捕获黑熊后就把熊掌分给你一半。"樵夫禁不住诱惑，带猎人来到黑熊的藏身之处。就在猎人弯弓搭箭准备射杀黑熊之际，樵夫的双手突然断掉，落在地上。佛家教义的"善有善报、恶有恶报"思想在这幅壁画中被生动地体现出来了。

这些壁画故事不仅生动地展示了古代西域的佛教艺

术，给人一种视觉上的享受，而且也会让人得到心灵上的净化。上述三个故事所阐述的自我牺牲、助人为乐和诚实守信理念与我的做人原则是一致的。

壁画之殇

在洞窟内徘徊，我有一个发现，壁画底色偏蓝，问小伙子什么缘故，回答是因为使用了青金石。

青金石是一种产于阿富汗的矿物质，特点是具有诱人的深蓝色调，还具有闪烁金光的黄铁矿星点。画工作画时，先是用湛蓝的青金石粉打底，然后用金粉和金箔涂在佛陀的袈裟部位，所以一眼看去，蓝色菱格图形里的佛陀一个个金光闪闪，精美异常。当壁画上的其他色彩历经风尘变为黑色，难以辨认的时候，用青金石画的部分却绚丽如初，毫不褪色。古代，当商人们将青金石从 1500 公里外的阿富汗运到龟兹时，其价格是黄金的好几倍。

遗憾的是，出现在我们面前的石窟损坏程度相当严重，已经到了简直令人不敢相信的程度。洞窟里，放置佛像的拱形佛龛空空如也，壁画被大片揭走，洞壁上留下斑斑斧凿的痕迹。

德国探险家冯 · 勒柯克曾三次来克孜尔石窟。当他第一次看到洞窟中精美的壁画时，几乎惊呆了。他在后来的日记中写道："我永远也不会忘记当我借着微弱的光第一次进入石窟时的情景，在昏暗的石壁上，古代龟兹人的形象与探险者近在咫尺，却相隔 1600 多年……这些壁画人物与欧洲人种的相似性，让人感到既兴奋又震惊。"

他不无得意地对人说："这是我们在突厥斯坦任何地方所找到的最优美的壁画，它超过了我们以往所取得的任何成就。"巨大的兴奋和震惊使这位"探险家"的野心膨胀起来，占有欲望愈发强烈。随后几次，他在这里开始了疯狂的盗割。

克孜尔洞窟内的壁画墙面共有三层，最里面是原始的砂石层，中间是带羊毛的泥草层，外面涂一层白石膏，壁画画在白石膏层面上。勒柯克割取壁画的方法是：先用狐尾锯在墙上切出一个方框，再将方框四周的墙壁凿空，然后将方框内的壁画沿泥草层横切下来，用铺有毛毡的木板夹好，装入木箱，用骆驼运到喀什，再经中亚、西亚辗转运到欧洲。

被勒柯克割走的壁画大多收藏在柏林印度艺术博物馆。二战期间，为躲避盟军的轰炸，德国人将一部分壁画转移到中亚等地，但很多粘在墙上的永久性壁画却毁于炮火，令人痛心不已。

在恶劣的自然条件下，洞窟成了牧羊人遮风挡雨的天然居所。他们在洞窟里睡觉、做饭、娱乐，造成各种人为损坏。有些洞窟里，至今还可以看到墙壁上有明显的刻画涂抹和烟熏火燎的痕迹。

建在陡峭山崖上的石窟，经过 1000 多年风吹日晒雨淋，以及山上下来的洪水冲刷，洞窟和壁画都有不同程度的损坏。我们现在看到的洞窟，大多都经过了修复加固。

我对石窟艺术十分着迷，国内一些主要的石窟石刻基本上都寻访过，就连游人稀少的宁夏须弥山石窟和不大为人所知的甘肃炳灵寺石窟都专程去看过。我问过一些驴友，得知去过敦煌莫高窟、云冈石窟、龙门石窟的很多，而去过须弥山石窟、炳灵寺石窟和麦积山石窟的人很少，这让我颇感有几分得意。

由于朝代不同和地域差异等原因，各地佛教石窟艺术风格明显不同。敦煌莫高窟的壁画飘逸灵动，龙门石窟的佛像秀骨清像，云冈石窟和炳灵寺石窟的石雕令人震撼，麦积山石窟的泥塑堪称一绝，而须弥山石窟则大气磅礴。

从户外行走的角度说，我最喜欢的是宁夏须弥山石窟。景区内不仅人流稀少，而且地域空旷。众多的洞窟分布在几座相连的山崖上，不光山前有，翻过山头，山后也有。在饱览佛教文化艺术的同时，还可以满足徒步和爬山的欲望。

只可惜，与莫高窟一样，克孜尔石窟景区内和洞窟内都禁止拍照，进入景区大门前必须把相机存起来，无奈之下只好隔着护栏远远地拉了几个长焦。

一个学贯中西的画家

说到克孜尔石窟，有一个在此研究和临摹壁画的先驱不得不提，他就是朝鲜族画家韩乐然。

韩乐然出生于吉林，早年就读于刘海粟主办的上海美术专科学校。毕业后回到东北，在奉天（今沈阳）、哈尔滨和齐齐哈尔等地从事美术教学和创作活动，后到欧洲游学创作十年。回国后，多次到敦煌和克孜尔考察和临摹壁画，举办画展。1947 年的一天，韩乐然从乌鲁木齐飞往兰州，途中因飞机失事不幸遇难。

有人称韩乐然是“东方的毕加索”，我不懂艺术，不敢妄加评论，但知道他的艺术风格横跨中西。我在齐齐哈尔的龙沙公园见过韩乐然先生在 1929 年设计建造的一座钟亭，又叫格言亭。这是一座古希腊艺术风格的建筑小品，由八根希腊式立柱组成，前脸为拱起的三角形，上面镶嵌一个精巧的表盘。钟亭小巧玲珑，简洁明快，有人称其为“微缩的雅典娜神庙”或巴特农神庙。

那天清晨，我绕过熙熙攘攘的菜市场，走进龙沙公园大门，在细雨霏霏中撑着雨伞，围着这座小亭子转了几圈，大有“爱不释眼”之感。美术界人士评论说，如果不是对古希腊艺术有深刻的理解，绝对创作不出这种风格的作品。

在克孜尔第10洞窟的墙壁上，刻有一幅韩乐然先生的题记，在手电筒忽闪忽闪的光束中，小伙子迅速为我们读了一遍：

余读德勒库克著之新疆文化宝库，及英斯坦因著之西域考古记，知新疆蕴藏古代艺术品甚富，遂有入新之念。故于一九四六年六月五日，只身来此，观其壁画琳琅满目并均有高尚艺术价值，为我国各地洞庙所不及。可惜大部墙皮被外国考古队剥走，实为文化上一大损失……为使古代文化发扬光大，敬希参观诸君特别爱护保管。

画家对石窟壁画的挚爱之情“跃然壁上”。

文中所说的德勒库克就是前面提到的德国探险家冯·勒柯克，只不过译法不同而已。我对献身石窟艺术的人一直非常敬佩，如敦煌的常书鸿、段文杰、樊锦诗等大家。他们本可以在城市里很优雅地搞搞艺术，讲讲课，写写书，闲时与业内好友喝喝茶，谈谈天，说说地。但他们却毅然舍弃优越的条件，来到荒漠戈壁，过着与世隔绝般的生活，全身心地投入到石窟艺术的研究、临摹和保护中，甚至把生命留在了这里。

若不是他们，我们的国宝不知还要损坏和丢失多少。

昔日龟兹，今日库车

老城一瞥

库车古称龟兹，清乾隆年间改为现在的名字。龟兹北依天山山脉，南临塔克拉玛干沙漠，受塔里木河水系滋养，是一块丰饶的绿洲。

分布在塔里木盆地周边的西域诸国都很小，有的不过几千人，以今天的眼光，称其为部落更合适一些。在三十六个国家中，能称得上大国的，北有龟兹、东有楼兰、南有于阗、西有疏勒。据《汉书·西域传》载，龟兹国有近 7000 户人家，8 万多人口，2 万多兵力。龟兹是中原王朝经营西域的基地之一，汉朝在此设西域都护府，唐代设安西都护府。

作为丝绸之路上的中转站，龟兹也是西域佛教的一个中心，许多内地高僧云集于此，讲经传法。史料记载，玄奘西行曾在此停留两个月之久，并就佛学理论与其他高僧辩论，龟兹国上下为之震动。

车子进入老城区，驶过标有“龟兹古渡”四个字的库车河大桥，眼前出现一座伊斯兰风格建筑，这就是库车王府。已经过了十点，但对当地人来说还是清晨，王府门前人车稀落，一位老者手持拐杖闲坐在大门口，看样子刚刚吃过早餐。

库车王府建于清朝道光年间，全称为“库车世袭回

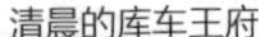

清晨的库车王府

部亲王府”。“回部亲王”就是“维吾尔王”的意思。乾隆年间，回部亲王的第一代王爷米尔扎·鄂对驻扎于此，为清政府派驻库车的地方行政官员。在平定准噶尔及大小和卓叛乱中，米尔扎·鄂对战功卓著。为此，乾隆皇帝册封他为“一品扎萨克达尔汗”，也就是王爷。第十二代亲王达吾提·买合苏提 1942 年承袭王位，人称“最后的库车王”。

盛世才执政新疆时期，王府建筑物遭到严重毁坏。前些年地方政府在原址对其进行修建，基本恢复了原样。王府游览区占地面积 4 万平方米，主要由王府展区、龟兹博物馆展区、古城墙等展区组成。

我在《远方的家—边疆行》节目中看到，有记者到王府采访这位时值 85 岁高龄，仍在担任库车县政协副主席职务的“王爷”，他笑称自己是新疆年龄最大的国家公务员。实际上他也是目前中国年龄最大的公务员。据他讲，解放前他每三年就要去一次北京，向中央政府汇报工作。那时候交通极为不便，从库车到北京坐三套马车要整整走 6 个月。

离开库车王府，沿着林基路街一边散步一边体验老城区的味道。丁字路口旁立有一块西域民间艺术文化研究院的广告牌：“寻宝新疆，CCTV9、CCTV6，《寻宝》专家组走近龟兹”，原来中央电视台正在这里采风。

一座高大的土堆出现在眼前，细看说明，是老城墙旧址。墙体高大厚重，约有十几米高。对一个位居西域的县城来说，这样规模的城墙在当年应当不多见。多年前，考古学家黄文弼来库车古城考察，发掘出大量石器、骨器、彩陶、铜件、汉五铢钱、龟兹小钱和开元通宝，从中可以推断当年龟兹古城的繁荣。

路经一所学校，一群小学生向我们打招呼

沿老城墙前行，抬头仰望，蓝天上不见一丝白云。一架飞机从空中掠过，在城墙上空留下一道白色的轨迹。城墙拐角不远就是库车大寺，不知是否允许进去参观。徘徊中见门口有一个售票处，标明 15 元钱一张门票，旁边立有一个标牌，上面用维文和汉文写着："党员、国家干部、妇女、未成年人不允许进入清真寺参与宗教活动。"看来大寺是可以参观的，但上述人等进去后不能从事宗教活动。

在新疆，库车大寺是仅次于艾提尕尔大寺的第二大清真寺，建于公元 15 世纪。大寺门楼高 18 米，用青砖砌成。据阿訇介绍，那时候没有水泥，砖缝之间都是用鸡蛋清黏合的，有记载说是用了 480 万个鸡蛋清。高耸

清晨的库车大寺

的门楼与宣礼塔庄严挺拔，塔柱雕有伊斯兰风格图案，穹隆式楼顶，寺内礼拜大厅 1500 平方米，可容纳 3000 人做礼拜。寺内庭院东南角有一个宗教法庭，是政教合一的产物，也是新疆保留下来的为数不多的伊斯兰教司法机构遗存，十分珍贵。

龟兹是丝绸之路上中西文化交流的要道。历史上，曾有匈奴、突厥、柔然、铁勒、吐蕃、维吾尔、汉、蒙古、回等众多民族在这里居住，留下了生活的足迹，也留下了艺术的瑰宝，其中最具有代表性的就是龟兹乐舞。克孜尔石窟第 38 窟有一组《天宫伎乐图》，突出反映了龟兹乐舞“回裾转袖若飞雪、一曲似从天上来”（岑参语）的艺术魅力。

史载，龟兹居民善于“以歌言声、以舞言情”。龟兹乐舞容纳百家、自成体系，若“天宫飞来的歌舞”。汉唐时期，龟兹被誉为“西域乐都”。玄奘在《大唐西域记》中用“龟兹伎乐，特善诸国”来形容龟兹乐舞的盛况。龟兹乐自吕光东归时传至凉州，后带到中原，一度风靡长安。听胡乐、跳胡旋舞一时成为风尚。据说体态丰满的杨玉环和身材肥硕的安禄山都是跳这种急速旋转舞蹈的高手，不知是否出于减肥的需要才学跳这种“洋人”舞蹈的。

“胡旋女，胡旋女，心应弦，手应鼓。弦鼓一声双袖举，回雪飘摇转篷舞。”白居易一首《胡旋女》惟妙惟肖地道出了西域乐舞的神韵。令唐玄宗痴迷的《霓裳羽衣舞》，也属于龟兹乐的大曲形式。龟兹音乐家苏祇婆进入宫廷后被奉为国师，他创作的《琵琶曲》被定为宫廷宴乐。隋唐时期，龟兹乐经中原又传播到了日本、朝鲜、越南和缅甸等国。

巴扎上的西域美食

在今天的库车县城，最热闹的地方当属大巴扎。虽然不是周日赶集的日子，但仍见人来车往、熙熙攘攘，偶尔驶过一两辆毛驴车，扬起一阵灰尘，让人避之不及。

走进写有“千年龟兹、百年库车”的乌恰民族特色餐饮街，路边小吃琳琅满目：车轮般的烤馕、半米长的“卡瓦普”（烤羊肉串）、“萨木萨”（烤包子）、“皮提尔曼塔”（薄皮包子）、“坡罗”（抓饭）。肚子已开始咕咕叫了，还等什么，于是毫不犹豫花 3.5 元买上一个大馕。要说这个馕的个头可真够大的，用手量了量，直径足有半米，足够几个人吃。早就听说库车馕馍大如车轮，今日见到，果然不凡。

有这么大的馕，就得有这么大的烤炉。当地人称烤馕的炉子为“坑”。据电视片《舌尖上的中国》介绍，馕坑多用砖垒成，外面用黏土和羊毛糊上。馕坑肚大口小，样子有点像过去农村里用的大水缸。大的馕坑有一米多高，一次可以烤十几个馕。馕坑里面的炭火温度最高可达 300 多度。

烤馕的父子

做馕很有讲究，原料多为发酵的面，不放碱，只放少许盐。擀好的面饼周围留一圈厚层，圈里面压薄，再用毛刷扎出花形，这样不仅美观，还便于吸收佐料，易于烤制。擀好的面饼上抹上胡萝卜馅和洋葱，再洒上些芝麻，看起来像比萨饼一样。

库车大馕好吃还有一个原因，就是烤馕用的木炭来自库车小白杏的杏木，而一般的烤馕用的柴火是红柳枝条和红柳根。这个道理有点类似北京烤鸭的制作方法，必须是用果木烤出来的味道才纯正。正应了那句老话：行行有诀窍，不说不知道。

过去中原人见到这种大饼，不知如何称呼，只知道来自西边，出自胡人之手，于是就称之为“胡饼”。诗人白居易在《寄胡饼与杨万州》中这样描述这远道而来的大饼：“胡麻饼样学京都，面脆油香出新炉。寄予饥馋杨大使，尝看得以辅兴无。”西域饮食文化对中原的影响由此可见一斑。

千百年来，馕一直是当地人的主要食粮。老百姓有句话，宁可一日无菜，不可一日无馕。过去人们出远门时，身边一定要带上馕，因为这种食物含水量少，适应干燥的气候，便于储藏和携带。如果到乡下人家做客，主人往往把馕按照大小个摞起来，摆成塔形，放在桌子的中央，没吃之前先叫你开开“眼界”。

我每次来新疆，都要尝尝这地道的西域美食。有一次，在乌鲁木齐，一位朋友不经意间说道，他家小区门口有个老汉卖的馕很好吃，价格也很便宜，一块钱一个。我来了兴趣，第二天一早，特地绕道来到小区门口，买上几个。老汉的馕虽然来自地摊，但味道醇正，用三个字来形容最恰当不过：薄、脆、香。打那以后心里就一直惦念着，再去乌鲁木齐时一定要再去品尝一次。

我的经验，很多地道的小吃都来自地摊，一到饭店里就走了味，氛围不对，价格也贵。《舌尖上的中国》剧组偏爱到地摊拍摄，就是这个道理。当然，去地摊吃东西也得小心，看看环境如何，人气如何，而且要适可而止。出门在外吃坏了肚子可不是小事，不但自己难受，还要影响他人，结果是自己“方便”造成他人不方便。

我有一位驴友，一次去尼泊尔，禁不住街头小吃的诱惑，不管三七二十一放肆了一把，结果当晚就挺不住了，连续几天蹲在旅馆里不能出门。有一次，在内蒙古巴丹吉林沙漠，一位女孩吃坏了肚子，路上不住地央求司机停车，大家虽然不快，但也无奈。

路过巴扎上的一家小摊，大吕说这家的缸缸肉不错，在这一带远近闻名，可以尝一尝。

缸缸肉又叫罐罐肉，制作方法是，先用大锅把带骨羊肉煮成半熟，再倒入一个个搪瓷缸子里，放在那种烤

巴扎上的缸缸肉

羊肉串的炭火炉上慢慢煨。搪瓷缸子里加恰玛古、红萝卜、黄萝卜等配料。食客来了，老板就把缸子里的带骨羊肉捞出来放在盘子里，把汤倒入一个碗里，15 元钱一份。

看着眼馋，每人要上一份，坐在床上，慢慢品尝。羊肉已经脱骨，一咬就掉；手上的馕还没有吃完，沾上羊肉汤，吃起来更有味道。中央电视台《舌尖上的中国》节目似乎没有介绍过库车巴扎上的缸缸肉，另一套节目《丝绸之路上的美食》是否介绍过不得而知。如果没有，那就太遗憾了。

库车有“白杏之乡”的美誉。我在北京的新疆饭店买过库车杏干，印象深刻，如今来到原产地，自然要体验一下白杏的魅力。6 月份是杏子成熟的季节，我们来眼下已进入 11 月初，虽说吃不到新鲜的白杏，但杏脯总是要尝一尝的。

据介绍，库车栽培杏的历史已有 2000 多年，现保留下来的品种有 20 多个，大的宛若鸡蛋，小的形似荔枝，红、白、黄三种颜色。其中以阿克西米西白杏品质最佳，果肉厚、纤维少、汁液多、甜味浓。其干果因色泽金黄、甘甜如蜜、便于携带而兴盛丝绸古道。

过去在农村，人们在杏林里进行交易时常使用“一脚钱”方法。所谓“一脚钱”，就是买杏的人用脚踹一下杏树，不管掉下多少杏，都交“一角钱”。这种方法十分简易，听起来也很有乐趣，但在我看来它更体现了当地人做生意的一种智慧。

来自东北的老板

离开库车县城前，大吕夫妇说要去看一位朋友。本来这位朋友说好要请我们吃饭，但我们的肚子已经被巴扎上的烤馕和缸缸肉撑得没有地方了。不如利用大吕夫妇与朋友喝茶聊天的工夫，再体验一下民俗风情。

信步走进路边一家烟酒店，老板一见我们，热情打招呼，一听口音是东北老乡，感到亲切，也感到意外。南疆是维吾尔族人聚居区，外来人口很少，更不用说来自数千里之外的东北人。一问才知道，老板是吉林人，

10 年前下了岗，不愿老守田园，出来闯荡。他说，当时的想法是走得越远越好，所以就来了南疆。我估计他那时心里有点气，再加上年轻气盛，才做出这个令家乡人难以理解的举动。

老板说，这里的钱比东北好挣。问及原因，他说，南疆经济起步晚，机会多，当地人喜欢休闲，节奏缓慢，外来人只要动脑筋、肯吃苦，就不愁没饭吃。他刚来时打过很多工，积攒一点本钱，就开了一个门脸，把老婆孩子和父母都接了过来。现在他已经在当地买了房子，有了第二个孩子，日子过得很舒服。问他是否适应这里的生活，他说只是觉得气候有些干燥，再就是怕闹事，但一般来说当地人都比较好相处，诚实、简单，说话办事直来直去，不会算计人。他说在当地结识了很多朋友，关系都非常好。这里的生活成本也不高，拿房价来说，每平米也就 3000 元左右。

不由想到，目前社会上的找工作难只是相对的，年轻人都喜欢往大城市里挤，就业机会减少、收入水平降低、生活成本提高是必然的。相比之下，西部资源丰富，人口稀少，发展前景好，创业机会多。为什么都要往喘不过气来的东南沿海挤呢？美国 100 多年前出现过西部开发热，大批移民蜂拥到西部“淘金”，100 年后，美国的东西部差距已基本消除。中国迟早也会有这一天。

孔雀河畔

库尔勒，余纯顺

库尔勒有一条穿城而过的河流，它有一个好听的名字——孔雀河。

这条发源于天山南麓的河，源头在博斯腾湖，流经库尔勒，最终注入罗布泊。孔雀河在流经库尔勒市区时，将这个城市一分为二，由此也划分了城市的功能格局——城市北部以政府机构为主，南部以石油单位为主。

说来好笑，小时候地理课没学好，想当然地以为孔雀河是一条两岸落满了孔雀的河流，要不怎么会有这样一个名字呢？来到库尔勒才知道，孔雀河这个名字是音译。按照维语的发音，这条河最初被称为昆其河。随左宗棠西征的湘军中有一位秀才，觉得这个名字平平，没有特点，于是发挥文人的想象，将其译为孔雀河。这个名字好听又好记，于是流传下来。

名字好听并不意味着这条水流就招人喜欢。过去，当地人习惯在河边洗羊皮，河水严重污染，因此孔雀河又被称为“皮匠河”。多年前，随着塔里木石油的勘探开发，市政府投资6亿多元，清淤排污，疏通河道，建起孔雀河风景旅游带，又在河上新建五座桥，包括314国道跨越的孔雀河大桥。

河道的整修为城市带来了一道绿色景观，也使城里人有了一个休闲纳凉的去处。放下行李，我们步行来到孔雀河畔。河两岸由花岗石砌成，岸边是成片的绿化带，河水缓缓流淌，清澈透明，闻不到任何异味。几位老人坐在河边乘凉聊天，一群儿童在嬉笑玩耍。

一座城市如果能有一条河流相伴相随，那这个城市就活了，但前提是这条河的水必须清澈，否则就是灾难。

俗话说，“吐鲁番的葡萄，哈密的瓜，库尔勒的香梨人人夸。”库尔勒香梨含糖量高，香味浓郁，果肉细嫩。以前虽说在内地也吃过库尔勒香梨，但在原产地吃自然多了一分亲切感。大吕建议我们可以买点带回去，因为这里买的新鲜，而且价格便宜。但我一向出门不愿多带东西，过把原产地瘾就打住。大吕夫妇却忍不住，看看先前买的香梨快吃完了，又买上两箱，准备带回去，孝敬家里老人。

库尔勒的名字是和罗布泊联系在一起的。由于地理位置接近和交通便利，库尔勒历来是进入罗布荒漠的一个中转基地。探险家余纯顺 1996 年 6 月进入罗布泊前，住在库尔勒市内的楼兰宾馆。州政府曾在此举行新闻发布会，为其送行。但谁曾想到，这位孤身徒步全国的上海汉子这次却没能走出罗布荒漠。至今他住过的 414 房间仍不时有人前来寻访。也有人埋怨说，他当初不应该住这样一个号码的房间。

我十几年前读过《余纯顺风雨八年日记选》。这本书问世后很畅销。人的最终行为受早年因素影响，是一个潜移默化和日积月累的过程，现在回想起来，这本书是后来诱发我热衷到野外行走的动因之一。遗憾的是，由于多次搬家，这本书已经不见踪影。

楼兰姑娘，你去何方

“楼兰姑娘，你去何方，前面路太远，前面风太狂，不如停在我的帐房。”艾尔肯的一曲忧伤委婉的《楼兰姑娘》，引发人们对那个深藏在罗布沙漠中的楼兰古国的猜想和向往。

可有谁知道，在中原人眼里，楼兰曾是西域敌国的代名词。这是因为，楼兰国地处丝绸之路要道，历史上曾先后归附于月氏和匈奴，向其通风报信，斩杀中原王朝使节，成为中原王朝的心腹之患。

直取楼兰曾是中原壮志男儿建功立业、报效国家的梦想。李白有诗云："愿将腰下剑，直为斩楼兰。"王昌龄有诗云："黄沙百战穿金甲，不破楼兰终不还。"公元前 77 年，汉朝大将军霍光派遣傅介子赶赴楼兰，斩杀了亲匈奴的楼兰王。一时间，傅介子成了多少男儿心目中的英雄，"投笔从戎"的班超就是这些男儿中的佼佼者。

然而，公元 4 世纪后，这个丝绸之路上的著名古国却从人们的视野里神秘地消失，给后人留下众多解不开的谜团。

楼兰古城遗址位于罗布泊西北部，孔雀河南岸。1900 年 3 月，瑞典探险家斯文 · 赫定一行进入罗布泊。一天，探险队用来挖井的铁铲不慎丢失，斯文 · 赫定遂派罗布人向导奥尔德克回去寻找。艾尔德克在路上不经意间拾到几个木雕残片。斯文 · 赫定看到这些希腊风格的精美木雕后，异常激动。他以多年的探险考古经验断定，在这片人迹罕至的黄沙下一定埋藏着一个古老的文明。由于只剩下几天的水和食品，斯文·赫定决定明年再来。

第二年春天，斯文·赫定带着他的那位哥萨克保镖重返“像月亮上一样荒凉”的罗布泊。就在他们穿过一片低矮的土垄后，眼前出现一座高 10 米的佛塔，一座气势恢宏的古城分布在河道两岸……经过 7 天的挖掘，斯文·赫定一行在古城的“三间房”一带发现大批魏晋时期的木简、文书、钱币、丝绸和木雕残片。看着那些无法辨识的蝌蚪般的文字，斯文·赫定困惑中带着惊喜。他意识到，他正站在一个古老文明的废墟上。回到欧洲后，他把这些东西展示给两个德国汉学家。经他们鉴定，这片废墟就是中国《史记》和《汉书》中记载的楼兰古城。

楼兰古城的发现使西方人为之震惊。以前，他们只知道埃及、希腊和罗马有发达的古代文化，殊不知在遥远的中亚荒漠也曾创造过高度发达的城市文明。此后，中外考古学家在罗布泊又发现了众多与楼兰古国有关的遗址：米兰遗址、小河遗址、太阳墓地等。

1934 年，斯文·赫定的学生、瑞典考古学家贝格曼在罗布人奥尔德克的引领下，找到有“一千口棺材”之称的小河遗址。当贝格曼的双脚踏上一座插满“枯立木”的沙包时，一具年轻姑娘的木乃伊出现在他的面前。“她身着高贵的衣着，中间分缝的黑色长发上面冠以黄色尖顶毡帽，红色的帽带，双目微合，好似刚刚入睡。漂亮的鹰钩鼻，薄薄的嘴唇，牙齿微露，给后人留下一个永恒的微笑。”贝格曼在后来的文章中这样形容。

时隔 45 年，中国考古人员又一次走进罗布泊，在太阳墓地，他们惊喜地发现一具保存完好的“楼兰姑娘”。这位“美女”头戴尖顶毡帽，身着粗制毛织物，足蹬毛皮靴，面目清秀，高鼻梁、深眼窝、下巴尖翘，具有明显的欧罗巴人种特征。据推断，她的年龄应该在“3800岁”。其后，又有多个“楼兰姑娘”在罗布泊现身，从而给这片寂静的荒漠增添了更多的神秘色彩。

位于北京奥体北园的“楼兰姑娘”

这次虽然到了罗布泊的边缘，但没能深入其中，无缘见到“楼兰姑娘”。倒是回到北京后，在奥体北园徒步时，意外发现一尊楼兰姑娘雕像。

雕像立在一片不大不小的沙地上，四周是干枯的胡杨，或直立或横卧，颇有沧桑感。据说这些胡杨树干是专门从新疆运过来的。雕像前面的介绍牌上用极富诗意的语言写道：“她，微闭着朦胧的双眸，隐藏着楼兰古城的神秘；嫣然而美丽的微笑，传递出远古古城的秘密……”

那次去杨镰先生家里时，我把这个消息告诉他，并请他看我用手机拍的照片。他看后很是兴奋。杨镰先生多次去过罗布泊，对楼兰等古城进行过详尽考察，看过“楼兰姑娘”的真容。令他没有想到的是，不知何时，复制品已经悄悄来到他身边。他当即对我表示，要抽时间去趟奥体北园，亲眼看看北京的“楼兰姑娘”。

铁门关，关你没商量

库尔勒的清晨比先前走过的几个城市来得都早。第二天一早，在路边吃完小笼包，匆匆上路，赶往本次行程的最后一个看点——铁门关。

没想到，区区 8 公里的路程竟然耗去差不多一个小时的时间。问一个路人，说向北沿铁门关路走到丁字口尽头，看见一个部队医院右拐，走下去就是。谁料到，车子右拐之后，走了一会儿，又回到了原来的路上。看看导航仪，铁门关就在附近，可就是上不了正道。抓住路边一个司机，反复询问，才搞明白，原来到丁字口之后要 180 度掉头往回走，然后再左拐。按照这个路线走了一会儿，经过一段曲曲弯弯的山路，终于来到铁门关景区大门口。

铁门关这个名字听起来有些吓人，让人不明真假。一圈走下来后发现，这个名字名副其实。关口两面是 30 公里长的陡峭峡谷，孔雀河水从峡谷中流过。从晋代起，这里就设立了关口，并成为古代 26 个名关之一，为历代兵家扼守的要地。100 年前，北洋政府财政部特派员谢彬到新疆考察，他在《新疆游记》中这样描述铁门关："两山夹峙，一线中通，路倚奇石，侧临深涧，水流澎湃，日夜有声，弯环曲折，时有大风，行者心戒。"关口之险由此可见一斑。

古往今来，铁门关一直是焉耆盆地进入塔里木盆地的必经之路，当年的丝绸之路从峡谷中通过。西汉张骞衔命出使西域路经铁门关，班超也曾饮马于孔雀河，故孔雀河又称"饮马河"。玄奘西行和林则徐勘察水利都曾到过铁门关。20 世纪 50 年代，王震将军率部队从铁门关进入库尔勒垦区。现在景区大门口的

“铁门关”三个字就是王震将军于1986年在关楼重建时题写的。

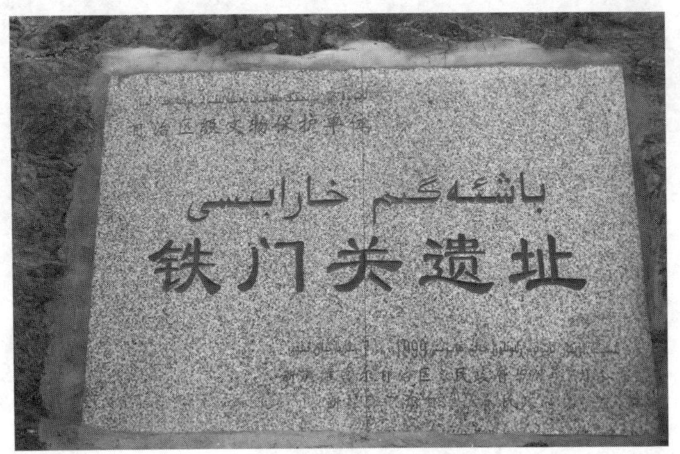

在史学家眼里，铁门关也是西域归汉的见证者。公元前60年，控制天山以北的匈奴日逐王由于内部纷争，率众12000余人出铁门关投汉，在库尔勒以南的平原上和驻守渠犁的汉军相会，从而促成天山南北的统一，西域从此正式列入汉朝版图。

进入景区，发现只有我们这一拨人，直到临走时才看到又来了一辆小车。看得出，这是一处很有历史价值的遗址。一条坑坑洼洼的土路沿山边通向远方，一块石碑上写着“丝绸古道”，旁边的崖壁上留有“襟山带河”4个大字，山坡上还能看到古代屯兵的遗址。

铁门关关楼

古道文化气息浓郁，崖壁上刻有诗词、题字，以及土尔扈特蒙古部落回归祖国记事。在这些文字中，最突出的当属唐代边塞诗人岑参的诗句。唐玄宗天宝年间，岑参曾两次远赴西域，在铁门关留下三首诗作：

银山碛西馆

银山碛口风似箭，铁门关西月如练。
双双愁泪沾马毛，飒飒胡沙迸人面。
丈夫三十未富贵，安能终日守笔砚。

宿铁关西馆

马汗踏成泥，朝驰几万蹄。
雪中行地角，火处宿天倪。
塞迥心常怯，乡遥梦亦迷。
那知故园月，也到铁关西。

题铁门关楼

铁关天西涯，极目少行客。
关旁一小吏，终日对石壁。
桥跨千仞危，路盘两崖窄。
试登西楼望，一望头欲白。

诗人笔下的铁门关是那样的雄浑、苍凉、险峻，大丈夫投笔从戎的豪情跃然纸上，不愧是边塞诗人中的翘楚。正如景区介绍中所讲：因为有了岑参的西域之旅和诗作，才使铁门关至今仍然能够声名远扬。

这样说是有道理的，很多名胜古迹没留下什么原物，之所以能够出名是因为有名人到访，或者留过笔墨。我们实在是应当感谢这些大家，否则这处名胜或古迹可能早就被淹没在历史的长河中了。

似乎是要给我们这次南疆之旅的结尾再来点刺激，我们在铁门关也体验了一次差点被铁门关住的滋味。

多年前，当地在孔雀河上拦腰筑坝，建起一座水电站，装机容量为4.74万千瓦，为当时新疆最大的水电站。为一睹电站的水库美景，我们开车沿山路前往水库大坝。

山路上不见游人，没有管理人员，路遇一个敞开的铁门，看样子是可以通行的，于是径直开了进去。没想到，看完水库回来的路上，发现这个铁门已被人锁上。不由吓出一身冷汗，这四周空荡荡的，要是出不去可就糟了，按计划我们出了景区大门就要去机场的。

赶紧下车，推了几下，大门丝毫不动。正在窃想是不是要砸锁时，小徐在一边惊喜地喊道：“没锁上。”过去一看，原来锁头只是虚挂在那里，没合上。有惊无险，赶紧摘下锁头，打开铁门，一溜烟驶出大门。

车上，小徐开玩笑说：“你们不是想知道铁门关是怎么回事吗，这回知道了吧，这就叫‘铁门关’！”

后记

Postscript

我与新疆的渊源最早可追溯到30年前，那时我在人民大学读研究生。一天下午，我的导师周新城教授来到我住的学6楼145房间。一进门，他先掏出一份邀请函："今年的苏联东欧年会要在乌鲁木齐开，你和我一起去吧！"他乐呵呵地对我说。

我一听喜出望外，这可是一个难得的机会。要知道，那个年代出门旅行是一件稀罕事，也是一件值得炫耀的事，更何况是去遥远的大西北！于是兴冲冲跑到学校财务处预支费用，哪曾想，一位态度和蔼的女士告诉我：老师出差可以坐飞机，学生只能坐火车，而且只能报销硬座车票。我一听，心里凉了半截，北京到乌鲁木齐坐火车至少要70个小时，三天三夜，我这个身板肯定吃不消。无奈之下只好打了退堂鼓。

事有凑巧，10年后的一天，同事郑彪约我到真武庙一家新疆饭馆吃拉条子。说起新疆，他说当学生时就去过，一聊，他正是去参加了那次会议。那时他在吉林大学读世界经济专业研究生，师从关梦觉教授。他采取的方法是，中途在西安和兰州下车，既达到了休整的目的，又顺便将西北沿线“扫荡”一遍。我听后直后悔，当初自己怎么就没想到这个“分而治之”的方法呢？人常说思路决定出路，每想起此事都埋怨自己脑子不够灵活，失去了一次早早走进新疆的机会。

时光流转，又过了10年，由于工作关系，我终于有机会来到了天山脚下。凡事一开头就一发不可收拾，其后我又连续去了三次新疆，几乎每年一次。新疆地域之辽阔、风光之壮美、历史之厚重、风情之独特，给我留下太深的印象。对新疆，特别是广袤的塔里木盆地做一次深度旅行的念头一直萦绕心头，挥之不去。

终于有一天，我踏上了塔里木盆地。走在丝路古道上，我们每一天都有新的期待、新的发现、新的感受，每一天都令人难忘。我虽然每年都要走很多地方，但能够在如此短的时间内体验如此丰富而又迥然不同的内容，一次性“扫荡”这么多目标，还是第一次。这也是我回来之后决定要把这次旅程记录下来的原因。

在整理日记和做功课的基础上，我写出近10万字的旅行笔记《南疆十日》，自费印刷几十册，留作纪念和同道交流之用。在写作过程中，我参阅了很多资料，尤其受到杨镰先生“西域探险系列”的启发。杨镰先生是国内西域文化权威学者。当年，他怀揣瑞典探险家斯文·赫定的自传《我的探险生涯》，来到新疆巴里坤军马场下乡，由此与新疆结下了不解之缘。自那以后，他几十次重返新疆，足迹踏遍天山南北——追寻沙埋文明、探访楼兰古城，考察河道故址，寻访罗布人家园……

带着回报心理和企望得到专家指点的想法，我在网上找到杨镰先生的所在单位中国社会科学院文学研究所的地址，寄去一本《南疆十日》，里面附上我的一张名片。

我心里明白，大人物给小人物回信的概率极低，况且又是不认识。正如粉丝追偶像一样，怎么能指望回信呢？随着时间的推移，慢慢也就忘记了这码事。

谁想到，一天上午，手机上传来一个陌生电话，以为是推销房子的，当即挂断。到了下午，这个号码又一次出现在手机屏幕上，气恼之下，又一次挂断，并将手机重重地丢在沙发上。可没过几分钟，手机上传来一条短信，打开一看，又惊又喜，原来是杨镰先生发来的。他说收到大作，非常感谢，方便通话。带着激动的心情，我当即拨通杨镰先生的电话，向他表示歉意和感谢。

杨镰先生在电话中说，他已经退休，经常去西部，很少去单位，所以刚刚收到我的书。接着，他又说，对我的《南疆十日》很感兴趣，希望能见个面，到他家里聊一聊。

没有比这更高兴的事了。于是，按照杨镰先生的夫人张颐青女士的指点，按照约定时间，几经换乘地铁，找到杨镰先生在北京西客站附近的家。那一天是2015年2月10日，春节之前的一周。在门前迎候我的杨镰先生，高高的个子，一头银发，虽然已经年届70岁，但精神矍铄，思路敏捷，嗓音洪亮。在堆满书籍资料的书房兼客厅里，我向他讲述了我的塔里木盆地之行，告诉他我喜欢西部，喜欢新疆，看了他很多作品，很受启发。他听后非常高兴，没想到会遇到我这样的业余爱好者。

谈起新疆，杨镰先生兴致极浓，如数家珍。我在一旁听得津津有味，间或问上几句，或者谈谈自己的看法。不知不觉，两个小时过去，怕影响他休息，我表达了告辞之意。这时，他从书桌上拿过事先准备好的两本著作送我，并表示前一段时间在研究新疆王杨增新，书稿已交新疆人民出版社，欢迎我有时间再来，到时候可以把这本新书送我。

我把自己的旅行作品《跟我走吧，天亮就出发》送给他，又送他一本我制作的“美丽的南疆”摄影台历。我注意到，杨镰先生在翻看台历时，流露出一丝掩饰不住的激动。无疑，这些画面把他带到了往昔的岁月，那里留有他的足印、他的心血、他的情感。我对杨镰先生说，准备再多走走西部，特别是新疆，并计划出版一本游记。他听后非常高兴，鼓励我做下去：“新疆是一部大书，一部品味不尽的大书。”临出门时，他又特别提了一句：“你的《南疆十日》很有价值，也可以考虑正式出版。”

与君一席话，胜读十年书，从与杨镰先生的交谈中，我得到了启发，也获得了信心。天赐良缘，前不久，我在与人民交通出版社联系出版《边缘旅行》一书时，顺便送给编辑尤伟一本《南疆十日》。他看后很感兴趣，表示这部书稿可以修订一下，连同其他几个专题，出版一套行走西部和边疆的系列丛书，取名“好望角寻访之旅”。他的想法正合我意，于是就有了眼前的这本《西域游历》。

塔里木盆地有浩瀚的沙漠，美丽的胡杨，异域的风情，沉埋的历史，古老的故事，神秘的传说，而今天能够深入其中的人仍然是少之又少。它像一个谜，萦绕在人们的心头，引发人们去想象，去探索，去品味。我愿意把自己的经历和感受分享给有兴趣的同伴，正如杨镰先生愿意把他的经历和感受分享给我一样。

感谢乌鲁木齐终极理想户外生活馆的胡晓东(青草)和苏卉为此次出行提供帮助，他们的户外专业性和敬业精神，他们对新疆这块土地的热爱，还有他们身上体现出来的西北人的质朴性格，给我们留下深刻印象；感谢西部问题专家、边地旅人、我多年的老朋友邹蓝为本书撰写序言；感谢书法家、西冷印社的蒋频先生为本书题写书名。

需要感谢的还有："大话哈尔滨"网站的孙勇（长河）博士，中国徒步网的金乔和任明，《香港商报》社长助理兼北京办事处主任林彬彬，国际古道网的老探和小小，《中国国家地理》杂志内容总监刘晶及编辑何云雯、孟现莉、张妍文，作家朋友简以宁，中国国际广播电台环球资讯《边走边看》栏目的谢舒杨和王嘉玉，《发现云南》杂志主编杨春，《中国交通报》记者高晓东，《北国旅游》杂志编辑吴雪娇，驴友兼文友续续，网球伙伴吕士卓，成都雪山雄鹰户外公司的李贤（小李妹儿），成都金驭达汽车租赁公司的刘国东（大刘哥），昆明房车摄影旅行俱乐部的汤雨华（布衣和尚），昆明户外专家和旅游达人山水自由心……

他们以不同的方式为本书的构思、写作和内容的发表提供了诸多帮助。他们中的有些人我至今没有见过，最初的交往无人引荐，没有利益关系，完全出于志趣相投，以文会友。我为当下的这份纯真而感动。

2016年7月10日于北京

图书在版编目（CIP）数据

西域游历 / 刘文军著 . — 北京 : 人民交通出版社股份有限公司，2016.9
（“好望角”寻访之旅系列）

ISBN 978-7-114-13266-7

Ⅰ . ①西… Ⅱ . ①刘… Ⅲ . ①游记—作品集—中国—当代 Ⅳ . ① I267.4

中国版本图书馆 CIP 数据核字 (2016) 第 188572 号

西域游历
（“好望角”寻访之旅系列）

著 作 者：刘文军
责任编辑：尤　伟
出版发行：人民交通出版社股份有限公司
地　　址：（100011）北京市朝阳区安定门外外馆斜街3号
网　　址：http：//www.ccpress.com.cn
销售电话：（010）59757973
总 经 销：人民交通出版社股份有限公司发行部
经　　销：各地新华书店
排　　版：北京楚泰文化传播有限公司
印　　刷：北京市密东印刷有限公司

字　　数：108 千　开　本：880×1230　1/32　印　张：6.75
版　　次：2016年 10 月　第 1 版
印　　次：2016年 10 月　第 1 次印刷
书　　号：ISBN 978-7-114-13266-7
定　　价：32.00元

版权所有·侵权必究
（有印刷、装订质量问题的图书由本公司负责调换）